ロドリゴ・ガルシア
貝 敬介 訳

父ガルシア＝マルケスの思い出

さようなら、ガボとメルセデス

A Farewell to Gabo and Mercedes

A Son's Memoir of Gabriel García Márquez and Mercedes Barcha

中央公論新社

弟に

目次

父ガルシア＝マルケスの思い出

さようなら、ガボとメルセデス

I

そこで彼は、サーカスのことを考えながら栗の木のところに行き、小便をしながらサーカスのことを考え続けようとしたが、もうその記憶は消えてなくなっていた。彼は頭を、ヒヨコのように両肩の間にうずめ、栗の木の幹に額を預けたまま動かなくなった。家族が気づいたのは翌日のことで、午前十一時、サンタ・ソフィア・デ・ラ・ピエダーが裏庭にゴミを捨てに行って、ハゲワシが下りてきているのを不審に思ったときだった。

——『百年の孤独』

1

弟と僕とがまだ子供だったときに父は、二〇〇〇年を迎える大晦日《おおみそか》の日を、かならず一緒に過ごすことを約束させた。彼はその約束を、僕らの思春期の間にも何度も再確認し、そのしつこさが僕には居心地悪かった。やがて僕はこれを、その日にまだ生きていたいという彼の願望のあらわれと解釈するようになった。彼は七十二歳、僕は四十歳になって、二十世紀の終わりを迎えるはずだった。こうした区切りの年というのが、十代の僕にとっては途方もなく遠いもののように思われた。弟と僕とが大人になってからは、この約束はめったに口にされることがなかったが、実際に僕らは全員一緒に、新しいミレニアムを迎えるこの夜を、父の一番好きな町カルタヘーナ・デ・インディアスで過ごすことになった。「取り決めをしてたからな、君らと僕は」と、父は恥ずかしそうに僕に言ったが、それはもしかすると、彼自身、自分がしつこく言っていたことを少々居心地悪く思うようになっていたからかもしれない。「たしかに」と僕は言い、このことについて僕らはもう二度と口にしなかった。彼はそれからさらに十五年を生きた。

彼が六十代の後半だったころ、僕は訊《き》いてみたことがある――夜、明かりを消したあとでどんなことを考えるのかと。「すべてがもうじき終わるんだって考える」。そう言ってから彼は笑ってみせて、「でもまだ時間がある。まだそんなにひどく心配する必要はない」。その楽観は、単に僕を安心させるためのものではなく、ほんものだった。「ある日、目を覚ますと、人間、年寄りになってるんだ。何の警告もなく、突然に。ほんと驚くよ」と彼はつけ加えた。「もうだいぶ前だが、作家の生涯には、もうこれ以上長篇小説が書けないというときが来る、と聞かされたことがあった。頭がもう巨大な建築物を支えたり、危うさに満ちた長い小説の道のりをうまくたどったりできなくなる、という。たしかにそうなんだ。今まさにそう感じる。だからこれからはもっと短い作品になる」。

彼が八十歳になったとき、八十歳だというのはどんな感じなのかと訊いてみた。

「八十歳からの眺めというのは、ほんとに仰天するようなものだ。しかも、終わりは近い」

「怖いの？」

「果てしない悲しさがあるんだ」

こうした瞬間のことを思い返してみると、彼がどれほど物惜しみせずに話してくれたか、感動をおぼえずにいられない。質問の残酷さを考えるとなおさらだ。

2

二〇一四年三月のある平日の朝、母に電話すると、父が二日前から風邪で寝こんでいるという。これは父にとって、そんなにめずらしいことではない、けれども母は、今回はいつもとちがうのだと強く言う。「何も食べようとしないし、起きてこない。いつものあの人じゃないのよ。ぐったりしていて。アルバロのときも、こんなふうにして始まったの」と彼女は、その前の年に死んだ父と同世代の友人について言う。「今回のこれからは、誰も逃れられない」というのが彼女の診断だ。この電話のあとでも、僕はとくにあわてていない、というのも、母の予測は不安心理のせいかもしれないからだ。彼女も、古い友人たちがそれなりの頻度で死んでいくような人生の時期に十分入っている。しかも彼女は兄弟姉妹の死、それも一番年少で一番仲よしだった二人の死によって、かなりの打撃を受けてあまり日が経っていない。それでも、この通話によって僕の空想は羽ばたきはじめる。このようにして終わりが始まるわけなのか？

母は二度、癌《がん》を克服しているサヴァイヴァーで、定期検査のためロスアンジェルスに来る予定になっている、なので弟が、今住んでいるパリからメキシコ・シティに飛んで、父に付き添うことに決まる。僕はカリフォルニアで母に付き添うことにする。弟が到着するとすぐに、心臓病の専門家である父の主治医が、父は肺炎を起こしているので、精密検査のために入院してもらったほうがチーム全員が安心できると話す。どうやら、同じことを母にも少なくとも数日前から提案していたらしいが、母はなかなか応じたがらなかったようだ。もしかすると彼女は、ちゃんとした理学検査を受けたら何かが発見されてしまうのを恐れていたのかもしれない。

3

それからの数日間にわたる弟との電話でのやりとりから、僕にも入院生活の様子が見えてくる。弟が父の入院手続きをしたとき、その事務担当者は患者の名前を聞くと、興奮して、すわっている席の上で跳びあがる。「えっ、ほんとに、あの作家の？　義理の姉に電話して知らせてもいいかしら？　ぜひとも知らせないと」。弟は彼女にやめてほしいと頼みこみ、彼女も渋々、それに応じる。プライバシーを守るために父は廊下の一番奥にある比較的離れた病室に入れられるが、半日もしないうちに、医師や看護師、雑用係、検査技師、他の患者や、メンテナンスや清掃の担当者、それにたぶんあの事務担当者の義理の姉までもが、父の姿をひと目見ようと病室のドアの前を通過していく。病院側はこれに対応して、この病棟へのアクセスに制限をかける。ジャーナリストたちも病院の正門前に集まりはじめ、病状が深刻だというニュースが流れる。われわれからすれば、大きな声でこうはっきり言われているようなものだ――父の病状はこれから、完全に私的な出来事ではなくなるのだ、と。扉を完全に閉ざしてしまうわけにもいかないのは、彼に対する好奇心の大部分が、思いやりや称賛や好意から来ているからだ。弟と僕は子供のころ、両親のどちらからも、世界で一番お行儀のいい子供だと、本当にそうだったのかどうかは知らないが、いつも言われていた、だからここでもその期待に応じておかないわけにはいかない。僕らはこの危機に、礼儀正しさと感謝の気持ちをもって対応しなければならない——たとえそれだけの強さがあろうともなかろうとも。僕らはそのように対応する一方で、同時に、公的なものと私的なものの間の一線を厳格に守る、という点で母を満足させておかなければならない——この状況の中でその一線をどこに設定するとわれわれが決めるにせよ。これは彼女にとって、昔からものすごく重要だったことなのだ。テレビのもっとも下品なゴシップ番組に対する強い依存症があったにもかかわらず、というか、むしろそれだからこそ、と言うべきなのかもしれない。「うちは有名人とかじゃないんだから」と彼女はよく僕らに教えさとす。この追想記も、僕は、彼女が読むことができなくなるまで公開することがないのがわかっている。

弟は父に二か月会っていなかったので、いつも以上に父の頭の中が混乱しているのに気づく。父は弟のことを認識できず、自分がどこにいるかもわからないので不安に苛《さいな》まれている。運転手と秘書が毎日交代で訪ねてきてくれるので彼は多少とも落ちつきをとりもどし、彼らのどちらか、あるいは家の料理人か家政婦が、病院に泊まりこんで夜を一緒に過ごしてくれる。弟が泊まっても意味がない、というのも、父が夜中に目を覚ましたときにはもっと見慣れた顔が必要だからだ。医師たちは弟に、数週間前とくらべて父の様子はどうなのかと質問する——彼の現在の心の状態が、認知症のせいなのか、それとも今回の衰弱によるものなのか、彼らには判断がつかないからだ。父の言うことはとりとめがなく、簡単な質問にも筋道立った返答ができない。それは多少ひどくなっているみたいだが、すでに何か月も前からだいたいこのような状態だった、と弟は答える。

この病院は国内でも有数の研修病院だから、最初の朝からさっそく医師が一ダースほどの初年次研修医を引きつれて巡回してくる。彼らはベッドの足のほうに寄り集まって、医師が患者の状態と治療内容を講評するのに耳を傾けているが、弟から見て、医師の卵たちは自分たちが誰の病室に来たのか、最初は全然気づいていないことがはっきりとわかる。徐々に気づきはじめたのが彼らの顔に順にあらわれてきて、ほぼ好奇の色を隠さずに父の様子を観察しはじめる。何か質問があるかと医師が訊くと、彼らはみな首を振って、アヒルの子のようにあとについて出ていく。

少なくとも一日に二回、弟が病院を出るときと着いたときに、報道関係者の中から彼に声がかかる。弟はいつでも一貫して、十九世紀初頭のジェントルマンのように礼儀正しい人間なので、直接声をかけてきた人を無視するということが生まれながらの気質としてできない。だから、「ゴンサーロ、お父さんの今日の様子はどうですか?」と訊かれれば、彼はその集団のほうに歩み寄ることを求められているように感じてしまい、急ごしらえの記者会見みたいなものを余儀なくされてしまう。僕もその一部をテレビで目にすることになり、彼は緊張気味ながらも実に巧みにこなしているが、忍耐心にのみ支えられていることもわかる。僕は彼にこの慣例をもうやめるようにしたらどうか、と促してみる。よく写真で、映画スターが不機嫌そうにコーヒー・ショップから出てきて、顔をうつむけて、周囲の世界を無視するようにして歩いているのを見ることがあるだろうが、あれは別に無礼で傲慢な態度をとっているわけではない、と僕は説明して聞かせる。彼女はただ単に、多少の人間的尊厳を保ったまま、自分の車にできるだけ早く到達しようとしているだけなのだ。弟は犯罪行為に加担するよう説得されているかのようなおののきをもって僕の話に耳を傾ける。彼がついに、ようやく、僕の勧めたことを実行に移したときにも、それは多少とも罪の意識をともなってのことだったが、しばらく練習を続けるうちに、ショー・ビジネス界の悪習に彼も、いずれ親しむことができそうだと認めるようになる。

父の肺炎は治療に応じて快方に向かっているが、スキャンの結果、胸膜腔に液がたまってきていること、そして肺と肝臓にあやしく見える領域があることがわかる。これはどちらも悪性腫瘍の可能性と矛盾しない、しかし医師たちは生体組織検査なしでそれ以上は推測しようとしない。問題となっている部位は接近がむずかしく、組織を採取するには全身麻酔をせざるをえない。現在の彼の状態からすると、術後には自力で呼吸できなくなって、人工呼吸器をつけなければならなくなる可能性がある。これはまさにテレビの医療番組に出てくるような話題で、その種の話の中ではごく単純なものだが、ことの重大さは変わらない。ロスアンジェルスで僕は母に状況を説明し、すると彼女は、予想通り、人工呼吸器の可能性があるならダメだと言う。したがって、手術なし、生体組織検査なし、癌の診断が出ないかぎり治療もなし、となる。

弟と僕とで話しあった結果、弟が医師たちの一人、専攻医か肺外科医にちょっと圧力をかけて、予測を口にさせるよう試みることになる。弟はこう質問する――「もしも肺か肝臓に悪性腫瘍があった場合」――あくまでも仮に――「予後はどうなるだろうか?」。数か月は生きられるだろう、場合によってはもう少し長いかもしれない、しかし、化学療法が不可避になる。僕は状況と症状をロスアンジェルスにいる父の友人で彼の腫瘍を診た専門家に話してみる、すると彼はひじょうに穏やかに「おそらく肺癌だろう」と言う。そしてこうつけ加える――「もし彼らもそう推測しているのであれば、お父さんは家に連れて帰って、居心地よくしてあげて、何があっても絶対に病院にもどさないことだ。病院生活は、君ら全員を打ちのめすことになる」。僕がメキシコにいる義父――やはり内科医――に相談してみると、彼の反応も基本的に同じだ。病院には入らないこと、父にとって、そしてわれわれ家族にとって、すべてが一番むずかしくないようにすること。

4

僕は母に話をして、半世紀以上もともに暮らしてきた夫が末期的な病状にあるということ、彼女がもっとも恐れていることを、その通りだと知らせなければならない。土曜日の朝、僕と母だけになる機会まで待つ。僕はわれわれが経験してきたことをあえて羅列して、現在の地点を確認することで状況を説明しはじめ、母は耳を傾けているが、あまり関心がないような、眠気をおぼえているみたいな、これまでに何度も聞かされてきた話を聞いているみたいな様子で僕を見ている。しかし、結論のところでは、僕は単刀直入に言うように努める――肺癌か肝臓癌か、あるいはその両方の可能性がひじょうに高く、彼はもう数か月しか生きられない。表情に何かがあらわれるより前に、彼女の電話が鳴りだし、彼女はそれに応える、そのことに僕は完全に虚を突かれる。僕は驚愕して彼女を観察している――彼女はスペインにいる誰かと話をしていて、僕はこの、回避という反応の、今、目の前にある、生きた、息をした教科書通りの実例に見とれている。それには、それ独自の美しさがあるだけでなく、愛おしい気持ちにさせる部分すらある。彼女はまちがいなく芯が強く、困難を乗り越えていく資質の持ち主だが、にもかかわらず他の誰とも同じなのだ。彼女は話を短く終えて電話を切り、穏やかに僕のほうに向き直ると、「で、だから？」と、まるで、大通りを行くのか、それとも抜け道に入ったほうがいいのかと話しあっているみたいに言う。「ゴンサーロがあさって、家に連れて帰る。僕らもメキシコにもどらないと」。彼女はうなずき、すべてを受け止め、それから訊く――「これで終わりなの？　あなたたちのお父さんは？」

「そう、そういうことみたいだ」

「なんてこと《マードレ・ミーア》」と彼女は言い、電子タバコのスイッチを入れる。

5

愛する人たちの死について書くというのは、書くということそのものと同じくらい古い行為のはずだが、それをしようとする自分の性向を前にすると、即座にことばに詰まってしまう。メモを取っておこうと自分が考えていることにぞっとなり、メモを取っている自分を恥じ、メモを修正している自分に失望する。情動的にかき乱される原因は、父が有名な人だったことにある。書きとめておく必要をおぼえる背後には、この野卑な時代の中で自分自身の名声を高めたいという誘惑が潜んでいるかもしれない。もしかすると、書くようにという呼び声に抗して、謙虚に黙っていたほうがいいのかもしれない。謙虚なふるまいというのは、実のところ、僕の一番好きな虚栄の形態なのだ。しかし、書くということに関してよくあるように、主題のほうが書き手を選んでくるという面もあり、抵抗しても無駄なのかもしれない。

数か月前に、ある友人が、僕の父は記憶を失ったことにどう対処しているのかと質問してきた。僕は父が、過去の重圧もなく、未来への期待からも自由になって、厳密に現在だけの中に生きているのだと彼女に話した。これまでの経験に基づいて未来を予測する力というのは、進化の上で大きな意味を持ったものとされ、物語の起源のひとつであるとも考えられているが、それがもう彼の生においては役割を果たしていない。

「ということは、自分がいずれ死ぬということも知らないわけね」と彼女は結論づけた。

「それはラッキーとも言える」。

　もちろん、僕が彼女に描いてみせた絵は単純化されたものだ。ドラマティックに表現されたものだ。過去はまだ彼の生の意識的な部分においては役割を果たしている。彼はかつて持っていた人間関係に関するかなり高度なスキルの、遠いこだまのようなものに頼って、出会う人たちに誰かれとなく一連の無難な質問をさし向ける――「調子はどうですか？」「近ごろはどこに住んでいるんですか？」「家族は元気ですか？」。場合によっては、勇気を出して、より野心的なやりとりを試みるが、その途中で、話の道筋を見失ったり、ことばが足りなくなったりして、混乱に陥ってしまうこともある。顔にあらわれた当惑の表情、風の中に混じるひと息の煙のように一瞬そこを横切る羞恥は、人と会話するのが息をするのと同じくらい自然なことだった彼の過去を覗かせる。創造力に富んでいて、おかしくて、喚起力があって、挑発的でもあった会話。彼の一番古い友人たちの間では、優れた会話者《コンベルサドール》であるというのは、いい作家であるというのとほとんど同じくらい高く評価されることだった。

未来もまた、彼にとって完全に過去のものとなってしまったわけではない。しばしば夕暮れどきになると彼はこんなことを訊く――「今夜はどこに行こうか？　どこか楽しいところに行こうじゃないか。踊りに行こう。どうして？　どうしてダメなんだ？」。くりかえし何度も話題をそらしていると、彼もようやく別の話題に移っていく。

彼は母のことは認識できて、メチェとかメルセデス、ラ・マードレ、ラ・マードレ・サンタなどと呼ぶ。それほど遠くない一時期のことだが、生涯の妻を覚えていたにもかかわらず、目の前にいる女性のことを、妻だと称するイカサマ師だと彼が見なしていた困難な数か月があった。

「どうしてあの女が指示を出して家を取りしきっているんだ、彼女は僕にとって何者でもないのに？」

母はこれには怒りをもって反応した。

「何なのよ、あの人どうしちゃったの？」と彼女は信じられずに訊いた。

「彼のせいじゃないんだよ母さん。認知症のせいなんだよ」。彼女は僕が、彼女のことを体《てい》よく騙《だま》そうとしているかのように見た。驚くべきことだが、その時期は過ぎ去り、彼女は父の心の中で、最大の伴侶としての本来の地位を回復した。彼女が最後の絆なのだ。彼の秘書、運転手、料理人が、いずれもこの家で何年も働いてきた人たちで、自分に安心感をあたえてくれる見慣れた友好的な人たちであることはわかっているのだが、もう彼はその人たちの名前は覚えていない。弟や僕が訪ねていくと、彼は僕らのことをじっと、長く、遠慮のない好奇をもって見つめる。僕らの顔に、どこか遠くで思いあたるふしがあるのだが、思い出せないのだ。

「隣の部屋に来ているあの二人は誰なんだい？」と彼は家政婦に訊く。

「息子さんたちです」

「ほんとか？　彼らが？　なんてこった《カラホ》！　信じがたい」

数年前にはさらに醜悪な時期があった。父は自分の意識が徐々に失われていきつつあることにはっきりと気づいていた。彼はくりかえし助けを求め、何度も何度も、記憶を失ってきていることを口にしていた。人がそのような不安心理にあるのを見ているのは、そして、そのあらわれが果てしなくくりかえされていくのに耐えなければならないのはとてつもない苦痛だ。「僕は自分の記憶を使って仕事をしているんだ。記憶こそが僕の道具で、僕の原材料なんだ。それがなかったら仕事ができない。助けてくれ」と彼は言い、同じことをさまざまな言い方で、一時間のうちに何度もくりかえしながら、午後の半分ほどをそれに費やすのだった。これにはまったく消耗させられた。それもやがて過ぎ去った。彼はある程度の落ちつきをとりもどし、ときにはこんなことを言った——「僕は記憶をなくしつつあるんだが、運のいいことに、記憶をなくしつつあることを忘れつつある」、あるいは、「誰もが僕のことを子供みたいに扱う。幸いなことに、僕はけっこうそれが好きだ」。

彼の秘書から聞いた話では、ある午後、父が庭のまん中に一人で立ちつくして、遠くを見つめながら物思いに沈んでいるのに彼女は気づいたという。

「そこで何をしているんですかドン・ガブリエル?」

「泣いてる」

「泣いてる? 泣いてないですよ」

「泣いてるんだよ。でも涙なしでだ。僕の頭がもう役立たずなんだって、君にはわからないのか?」

また別の機会に、父は彼女に言った――「ここは僕の家じゃない。家に帰りたいんだ。父さんのいる家に。父さんのベッドの隣に僕のベッドがあるんだ」

われわれが推測するに、彼は父親のことを言っていたのではなく、彼の祖父のこと、八歳まで一緒に暮らしていた大佐(アウレリャーノ・ブエンディーア大佐の発想源になった)のことを言っていたのだ。大佐は彼の生涯にもっとも影響をあたえた人物だった。父はそのベッドの隣で、床に小さなマットレスを置いて寝ていた。彼らは一九三五年以来、二度と会っていない。

「それがお父さんのすごいところなんですよ」と父の秘書は僕に言う。「嫌なことであっても、ものすごく素敵な言い方で話せるんです」。

6

医療器具のレンタル会社で働く女性がある朝、医療用のベッドをうちに配達してきて、父の秘書の監督下でゲスト用の寝室に設置する。その後、夜のニュース番組で彼女は救急車が病院からうちに父を運んできたのを見て、あのベッドが誰のためのものだったかに気づく。翌日、彼女は上司に代わってわれわれあてに手紙を書き、そこには、父のために医療用ベッドを提供できるのは名誉なことであり、当然のことながら、使用料は不要である、と書かれている。母の最初の反応は、その申し入れを断ることだった。いつでも人の世話にならずにちゃんと自分で自分の支払いをするべきだと考えているからだ。しかし、われわれはそのままにしておくようにと彼女を説得する。ひとつでも面倒事が減ったほうがいい。

父が病院を出たあとで、彼の退院許可証がタブロイド紙に掲載される。どうやら、弟がその書類を落としたらしく、病院に来ていた誰かがそれを拾い、外科手術から回復中の娘にプレゼントしたらしい。父の本の熱心な読者だからだ。それがどうして紙面に載ることになったのかはミステリーだ。

7

　父が入院したことが伝わって以来、家の外にはマスコミ関係者と支援者たちが集まりはじめている。彼が病院から到着した日には、百人近い人が集まっていて、市は、立ち入りを制限するために門扉の外に警官を配置している。父を乗せてきた救急車はバックしてガレージに入ったが、車が長すぎてガレージのドアが閉まらない。弟と家政婦の一人、そして父の秘書がシーツを掲げ持って、父が救急車の後ろから家の中へと運びこまれるところが撮影されないようにした。新聞には、弟がシーツを持って、残されたわずかばかりのプライバシーを守ろうとしている写真が掲載され、その写真に僕は憤怒をおぼえる。それでも僕は自分に言い聞かせる——ドアの外にいる人たちの大部分は彼の読者であり、まっとうな報道機関であり、タブロイド紙ではない。

　友人や医師たちは、やってきたり出ていったりするたびに、恥も外聞もなくアップデートを求めるジャーナリストに取り囲まれる。家族のメンバーはたいがい、また別のガレージに車で入ってすぐに扉を閉めるから、被害にあわずにすむ。父の秘書から聞いた話によれば、その週、母が家から外に出たわずか数回のうち一度は、帰宅してみるとガレージのドアが開かなかった。そこで母は表の入口までの十歩ほどの距離を歩くしかなかった。彼女が車から出ると、通りは、自然発生的な、並外れた敬意の発露によって死のような沈黙に包まれた。彼女はその距離を、物思いに沈んでいるかのようにかすかにうつむきながら歩いたというが、実のところ自分の寝室からバスルームに向かうのと同じように、とくに心の乱れもなかったらしく、彼女の前で周囲の気象が一瞬にして変わったことには気づきもせず、気にすることもなかったという。父が何度も言っていたことだが、彼女は、彼が知ったもっとも驚くべき人物だった。

われわれは父を主寝室に寝かせるわけにはいかないと決める。看護によって母の睡眠が乱されてしまうからだ。父は彼女のところから廊下を隔てた先に置かれることになる。ゲスト・ルーム兼映写室として使われる部屋だ。数十年前には、そこは大きなテラスになっていて、高校生たちが集まってタバコを吸っていたのだが、いつしか増築されて部屋になった。

医療用ベッドに寝かされたあとで父が最初に発したことばは、嗄《しゃが》れた囁き声で聞きとりにくかったが、「家に帰りたい」だった。母が彼に、もう家にいることを説明して聞かせる。彼は周囲を見まわして、落胆のようなものを見せる。どうやら何も見覚えのあるものがないのだ。右手を震わせながら顔に持っていくが、その仕草はいかにも彼らしいものだ。手は額に置かれ、それからごくごくゆっくりと目の上に下りてきて、両目を閉ざす。しかめた顔と固く閉ざした唇が締めくくりとなる。これは彼が、疲労困憊《こんぱい》や精神集中の合図として、あるいは、何か今耳にしたこと、たいがいは誰かの苦難に関連することによって呆然《ぼうぜん》となったときにやる仕草だ。それからの数日間にわれわれはこれを頻繁に目にすることになる。

父はふだんからの二人のヘルパーと、二交替で働く二人の看護師に世話してもらうことになる。日中担当の看護師は際立っている。彼女は父が退院したときに病院から推薦された人だ。三十代後半で、結婚しているが子供はなく、親しみ深く、落ちついている、そして自信がある、しかも、彼女は良識に満ちている。彼女の看護記録は詳細で、丁寧な手書き文字で書かれていて、薬や医療品は完璧な配置で用意されているし、部屋のカーテンは、心をやわらげる程度の明るさだけが室内にいつでも満ちているように、一日じゅうこまめに開け閉めして調節されている。自らおこなうことにおいて抜きんでている人物を目にする歓《よろこ》びと、思いやりのある医療従事者の助けがもたらす居心地のよさとが合わさって、彼女は誰もが一目置く存在となる。しかも彼女は患者に対する親愛の情も深くて、父のことをしばしば「ミ・アモール」とか「チキート・エルモーソ」(かわいいおチビさん)とか呼んでいる。僕は結局一回だけしか彼女が困惑しているらしいのを見ることがない。それは医師からの最新の指示を見直していて、彼女から見て何か、不完全な処方を、あるいは父の「蘇生医療はしない」という指示に合致しない内容をその書類に見つけたときだ。優に三十分以上におよぶ時間をとって、彼女は他のすべてを脇においてその書類を読み直す一方で、いくつもの電話にメッセージを残していく。ようやく彼女は心臓専門医と話をすることができ、そこで聞かされた内容に納得する。母から最後にいくつか承諾のサインをもらい、僕からもそれがすべてわれわれ全員の望みに沿ったものだという確証を得ると、彼女は見るからに安心した様子でふだんのルーティーンにもどっていく。

時折、父が目を覚ますと、彼の周囲には興奮の輪ができる。家族も世話の担当者も、ときには往診中の医師までもが、彼としばしのやりとりをしたがる。彼に質問をし、その答に注意深く耳を傾け、会話が続くように励ます。われわれは彼の意識がはっきりしていることに歓喜をおぼえるし、医師や看護師たちにとっては、伝説的な巨匠と会話をするスリルがある。彼はある種の熟慮をもって話すので、その明晰な一瞬の歓喜の中で、誰しも彼がもう何年も前から深い認知症に陥っていることを忘れがちになる。われわれが話しかけている相手が実はそこにはほとんどいないのだということ、聞いていることをほとんど理解できていないということ、ほとんど彼自身ではなくなっているということを。

一日に数回、彼はベッドの上で体位を変えてもらい、マッサージとストレッチをしてもらう。目覚めているときであれば、眠たげに歓んでいる様子があらわれるのが僕にもわかる。ある午後、若い医師——病院の筆頭研修医で、父親がコロンビア人だった——が立ち寄る。彼は父に気分はどうかと訊ね、それに対して「ホディード」(最低)という答が返ってくる。看護師が長い報告の一部として告げた内容のひとつは、皮膚のかぶれが起こっているので、「cuidando sus genitales」(彼の性器の世話をして)、その部位にクリームを塗っている、ということだ。父はそれを聞いていて、ぞっとなった恐怖の顔を作ってみせる。しかし実は彼は微笑んでいて、表情は偽らない——ふざけているのだ。そして、それをはっきりさせるためにこうつけ加える——「Quiere decir, mis huevos」(要するに、オレのキンタマのことだ)。部屋じゅうが笑いだす。彼のユーモアは認知症を超えて生き残ったようだ。それは彼のもっとも本質的な部分を構成しているものなのだ。全体として、父は自らの体格に関して威張ることのない人だった。自信がなかった、とすら言える。けれども、身体の世話をしてもらった際に、尊厳の欠如した扱いを受けたと感じたとは思わない。愛情のこもった扱いを受けたことにとても感動していたはずだ。

看護師のシフトが交代する時間になると、二人の看護師と二人のヘルパーに加えて、家政婦も一人か二人、数分間、その部屋に集まることになる。シーツの交換の際に、父の秘書は、彼がとてもきれいな足をしているのだと聞いたことがあったが、これまで一度も実は見たことがなかった、と口にする。女性たち全員が彼の両足をじっと見て、たしかにそうだと同意する。彼女がいったいどこでそんな話を聞いてきたのか、僕には想像もつかない。訊かないでおきたい。

女性の声のコーラスのせいで、彼が目をさますこともある。彼は目を開き、すると、女性たちが彼のほうに向き直り、愛情と賛嘆をもって声をかけてきて、そのとたん、その目には光がともる。そうした機会に一度、僕は隣の部屋にいて、急に女性たちの一団が大きな声で笑いだしたのが聞こえてきた。どうしたのかと訊きに僕は部屋に入る。聞かされたところでは、父が目を開くと、女性たちをじっくりと眺めやってから穏やかにこう言ったというのだ――「No me las puedo tirar a todas」(君ら全員とはヤレないよ)。

その直後、母が入ってくると、彼女の声と彼女の存在の重みに、彼は魅了されて陶然となる。

8

僕の幼少時代、両親は二人とも、ほぼ毎日例外なく、午後に昼寝をした。父はよく僕ら二人に、ある時間を過ぎてもまだ寝ていたら起こしてくれ、と頼んだ。弟と僕はかなり小さいころから、これがけっこう危険な任務であることを知るようになった。起きるようにと彼に言うときに、僕らが近くにいすぎると、あるいは万が一にでも揺さぶったりすると、彼は取り乱して悲鳴をあげ、何か、あるいは誰かから身を守ろうと両腕を振りまわし、恐怖におののきながら激しく息を切らして大騒ぎするのだった。この世における自分の位置を確認できるまでしばらく時間がかかった。そこで僕らはひとつの方法を開発した——寝室のドア口に立って、そこから彼の名前を穏やかかな、抑揚のない小声で呼ぶのだ。これでもときには、ビクッとなって起きるのだったが、たいがいはちがった。それにまた、もしも恐怖の目覚めになったとしても、僕らは急いで廊下へと退却することができるのだった。

いい目覚めを迎えたときには、彼は両手で顔を、まるで水でゆっくりと洗うみたいに何度もこすり、それから彼が僕らにつけたお気に入りの綽名《あだな》で、「ペッロ・ブッロ」（ロバ犬）と呼ぶのだった。彼は手招きして僕らを呼び寄せ、彼にキスするようにと指示し、それから訊くのだった――「何か新しいことはないか？　どうだ人生は？」。彼が夜中に呻《うめ》いたり息を切らしたりしているのが聞こえて、母が肩を激しく揺さぶって起こしてやっている、というのもけっしてめずらしいことではなかった。あるとき、荒れた午睡のあとで、何を夢に見ていたのかと訊いてみたことがある。父は目を閉じて、夢の内容をとりもどそうとした。

「すばらしい日で、オールのついていないカヌーに乗っていて、穏やかな川を、ごくごくゆっくりと、平和そのものの中、流れていくんだ」

そのどこが悪夢なのか、と僕は訊いた。

「さっぱりわからないな」

しかし、彼がわかっているにちがいないと僕にはわかっている。作品の中に意図的にシンボリックなものを何もこめてはいない、と一貫して否定してきているにもかかわらず、また、彼の物語の中の象徴的イメージ群に新しい光を当ててみせるようなアカデミックな、高尚な理論に対しては侮蔑的だったにもかかわらず、彼は自分が、誰とも同じように、無意識の奴隷であることをよくわかっているのだ。あるものが、別のものの代わりになってそこにあるのだと彼にはわかっている。そして、とても多くの作家たちと同じように、彼はオブセッションとして、喪失に、そしてその最大のあらわれである死に、こだわり続けている。秩序と無秩序としての死、論理性とナンセンス性の両方としての死、不可避にして許容不能なものとしての死に。

9

七十代前半だったころ、化学療法を何度か受けている間とその後に、父は回想録を書いた。このプロジェクトは当初、何冊かのシリーズになるものとして着想され、その第一巻は彼の一番古い記憶から始まって、特派員として働くために二十七歳でパリに移動するところで終わる。ところが、この第一巻以後、彼は続きをもう書かなかった。それは主に、成功を収めた時期について書くことは結局、有名人の回想録にあまりにもよくあるように、ただ人の名前の羅列に終わるのではないかという恐怖感にとらわれたからだ。誰それとの一夜、有名な画家のアトリエ訪問、どこそこの国家元首との悪だくみ、カリスマ的な反体制活動家との朝食など。

「自分にとって少しでも面白いのは、結局一冊目だけだ」と彼は言った。「なぜなら、自分が作家になるにいたった年月を扱っているからだ」。

また別の文脈で、あるときこう言ったこともある——「八歳以降、僕の身には何も面白いことは起こらなかった」。

その年齢のときに彼はアラカタカの町にある祖父母の家と、彼の初期の作品の発想源となった世界をあとにしたのだ。最初の何冊かの本は、『百年の孤独』のための予行演習だった、と彼自身が認めていた。

この回想録のための調査の過程で、彼は学校に入るさらに前の時期からの友人たちに連絡をとった。その多くは、そのころ以来一度も会ったり連絡をとったりしたことのない人たちだった。場合によっては、その人の息子や娘、あるいは妻としか話ができなかった。友人本人はすでに死去していたからだ。中には人生の途上で亡くなった人がいることは彼も予期していたが、最近の数年間に死んだ人たちのケースには虚をつかれていた——比較的幸福で生産的な生涯をまるごと生きて、世界の平均寿命である七十代で死んだ人たちだ。彼と同年配のこうした人たちの死は悲劇的なものではなく、ただ単に自然な生の周期が終わったということに過ぎない。この時期以降、彼はよく、「これまで死なずにいた人たちが最近はたくさん死んでいってる」と口にするようになり、その言い方が引き起こす笑いを楽しんでいた。

10

社交的な性格の持ち主で、公的な地位を楽しむことができるように見えた一方で、父はたしかにかなり打ち解けにくい、場合によってはまったく本心をあらわさない人ですらあった。これは彼が名声を楽しむことができない人だったという意味ではなく、また、数十年にわたって称賛を浴びたあとでもナルシシズムに陥ることがなかったという意味でもないが、たしかに彼の中にはいつも、著名性と文学的成功に対する疑念があった。彼は僕らに(そして自分自身に)向けて、生涯に幾度も口に出して確認した——トルストイも、プルーストもボルヘスも、ノーベル賞をとっていないことを、また、彼自身の一番好きな三人の作家、ヴァージニア・ウルフ、ファアン・ルルフォ、そしてグレアム・グリーンの誰も受賞していないことを。彼はしばしば、自分の成功は自分の力で勝ちとったものではなく、偶然彼の身に起こったことのように感じていた。生涯のだいぶ遅い時期になって、記憶が薄れてきたころまで、自分の本を読み直すことがなかったのは、そこに恥ずかしいほどの欠陥があることに気づいて、自らの創造力が麻痺してしまうのを恐れてのことだった。

11

僕は数日間、ロスアンジェルスに飛行機でもどって、編集段階にある映画の作業を続ける。これは複数の父親たちと息子たちの物語で、われわれが今手がけている長いクライマックス的なシーンでは、部分的には息子のせいだとも言えるような一連の状況を通して父親が死ぬにいたる。ぶつかり合いがあったあとで、事故のような出来事があり、死の場面があり、遺体を運んで洗うところがあり、最後には、死体を抹消するためのある種の儀式があって、父親は永久にこの地上から消えてなくなる。自分の父親が生涯最後の数週間を過ごしている最中にこの映画のこの場面を手がけなければならないという偶然の過酷さに、誰もが気づいている。僕はそれを、受け入れて乗り越えなければならないものとして受け止める。神のユーモアのあらわれとして。しかし、時が経つにつれて、僕はこの一連のシーンを取り扱うのがつらくない、というふりを続けられなくなる。神経が削られていくのだ。こんな話を書いた自分が大嫌いになる。痛みをいくぶんでもやわらげるために、僕は過食に走る、主にチョコレートの。もしかすると、唯一、人に話す値打ちのある物語とは、人を笑わせる話なのかもしれない。次回はそれをやろう、絶対そうする。でも、しないかもしれない。

　映画を監督するようになって最初の数年間は、これまでどんなアーティストから影響を受けてきたのか、としばしば質問されたものだった。すると僕は律儀に、間髪をいれずに名前のリストを口にしたものだ、部分的には独自性のある、しかし大部分はあたり前の名前からなるリストを。しかし、ある日、実はそれは嘘をついているのだと気づくことになった。どんな映画監督も、作家も詩人も、どんな絵画も歌も、大した影響を僕におよぼしていないのだ、両親や弟、妻、娘たちにくらべたら。知るに値することのほとんどを、人は今でも家庭の中で学んでいるのだ。

12

僕がメキシコにもどったのは、父が病院から家に帰って一週間を少し過ぎたころだが、母はすでにだいぶ疲れた様子になっている。本当にあと数か月もあると思うか、と母は僕に訊き、その言い方からは、それだけの時間の幅を持ちこたえられそうにないと彼女が感じているのがわかる。家での父の療養は、しかしながらとても静かなものだ。彼は他の寝室からは離れた部屋にいて、昼も夜も世話をしてもらっていて、全般的に満足しているように見える。家の中の他の部分では、いつもと異なることがここで起こっているようにはまったく見えない。しかし、母にとっては、時計があの部屋の中では情け容赦なくのろのろと、しかもカテドラルの鐘の音のようにやかましく、時間を刻んでいるのだ。

そんなに長くなるとは思わない、と僕は彼女に言うが、その推測には、彼女を慰めたいという願望以外に何の根拠もない。その翌朝、彼の心臓専門医がふたたびやってきて、父を長く診察したあとで、それまでの見通しを変更する。数か月ではなく、おそらく数週間になるだろうという。おそらく、最長で三週間ほど。母はそれを黙って聞く、タバコを吸いながら、たぶん、半分ほっとしながら、半分悲しみながら。

そのあとで、四十歳ぐらいの老人病専門医が、終末期ケアについて助言しに立ち寄る。彼は最近われわれがかかわった多数の医師たちの中で一番若く、若い人は老齢のもたらす困難を理解できないはずだと想定するなら、意外な存在だ。母は彼を、誰が相手でもするように質問攻めにする。彼は、自分はリンパ腫を患ったのだが、今は寛解状態にあると明かし、それで僕は彼のことをまったく異なった目で見るようになる。急に彼は弱さのある人のように、自分を外から見る感覚のある人のように見えてくる。数十歳も年長の患者たちよりも彼のほうが、より差し迫った危険の中にいる可能性があるというのは、心穏やかではいられないことのはずだ。彼が言うに、そのときが来たならば、そしてもし、われわれがものごとを先に進めたいのであれば、父の水分点滴を中止するということも可能だという。一部の国では、水分は、いかなる状況下の患者にとってもけっして拒絶できない人権であると見なされている、と彼はわれわれに教える。メキシコの法律はそれとは異なり、終わりが接近したときに家族が水分供給を中止するというのはめずらしいことではないという。その時点ではたいがい、患者はすでに鎮痛剤をあたえられており、苦しまない。われわれはそれを黙りこくって聞く、まるで、実験的な演劇の中の奇妙なモノローグを見ているみたいにして。その着想は興味をそそるものだが、まるで馬鹿げてもいる。プラクティカルで、情けに満ちていて、しかも殺人的だ。

13

母と僕が一緒にすわってケーブル・テレビのニュース番組を見ていると、彼女は突然、何の脈絡もなく僕に言う——「あらかじめ準備をしておかないとね、まるで動物園みたいなことになるんだから」。父が死んだときのメディアの反応や、世界じゅうの読者や友人たちの反応のことを言っているのだ。入院の知らせが伝わったとき以来、すでに電話や文章での問い合わせは始まっていた。するといくつかの媒体は、父が最後の数日を過ごすために家にもどったのだと伝えた。彼は八十七歳なのだから、実際に死に瀕《ひん》しているのだと推測してもそれほどひどい憶測とは言えない。

弟とも話してわれわれは、父が死んだらすぐに、個人的に知っているジャーナリスト数名に電話で知らせることに決める。そのリストは長くない——コロンビアの新聞二紙、ひとつはその国で一番影響力のある新聞社で、もうひとつは、父が二十代初頭でキャリアを始めた新聞社だ。メキシコでは、最先端で活躍しているジャーナリストの一人で、テレビとラジオの両方でニュース番組を持っている女性に決める。それから、数名の近しい友人に電話をして、彼らが適切だと思う方法で知らせを広げてもらう。父にとって友人でもある彼のエージェントは当然その一人で、他にはバルセローナに住んでいる夫婦がいて、彼の弟の一人がいて、これはコロンビアにいる一族の要となる人だ。彼らにはすでに、終わりの近いことが警告してある。

II

そこで彼は両腕を胸の前で組み、すると農園のサトウキビ圧搾所で六時のアベ・マリアを歌う奴隷たちの輝きたつ声が聞こえはじめ、窓ごしには、空に浮かぶ金星のダイヤモンドの輝きが永遠に消えていくのが、万年雪が、そして、新しく伸びた蔓植物が見えたが、そこに連なる黄色い蕾が花開くのを彼は次の土曜日、喪に服して閉ざされたこの家の中で見ることはなく、これこそが幾世紀を重ねようともふたたびくりかえされることのない生命の最後の光輝なのだった。

――『迷宮の将軍』

14

僕は再度ロスアンジェルスに飛んで、編集室でさらに数日を過ごす。自宅にもどった二日目、早くにベッドに入るが、明かりを消したあとで、もしかすると夜中に電話が鳴って、とてつもなく恐ろしい思いをさせられるのではないかと心配になる。まさにその両方が起こる。弟の声が向こう側から聞こえる。意図的に穏やかに話そうとしている。

「よう。彼の熱が高いんだ。もどってきたほうがいいと医者が言ってる」

電話を切ったあとで、早朝の便を予約して、暗がりの中で目覚めたまま横になっている。弟と母と、自分自身に対する激しい悲しみに襲われる。子供だった弟と僕とがメキシコとスペインで成長していたころ、父母両方の側の家族は全員コロンビアにいたから、われわれは四人でひとつの単位をなして、四人クラブとしての強い一体感を持っていた。今、そのクラブは、一人目のメンバーを失おうとしている。それが押しつぶされるような感覚なのだ。

翌日のフライトで、僕は一瞬、自分がメキシコ・シティに行こうとしているのか、メキシコ・シティから出ようとしているのか、よくわからなくなる。それほどこの数日間は呆然となっていたのだ。空港に着くと、イミグレーションと手荷物受け取りの間を歩きながら、弟に電話する。

「もう二十四時間以内だそうだ」と彼は言う。

クソッ。いったい、いつの間にわれわれは、「あと数か月です」から「むしろあと数週間です」へ、それから、あと二十四時間にまで来てしまったのか？　看護師や外科医、腫瘍専門医、肺専門医、主任専攻医、老人病専門医などと幾度となく話しあってきて、その全員が頑として憶測を立てるのを避けてきたあとで、この新しい予言の大胆さはまったくもって容赦がない。父の心臓専門医はことあるごとに、可能性と蓋然性の間のちがいを苦心して説明してきた。今、われわれは確実性の領域にいる。一日以内に彼の人生が終わると彼らが権威をもって断言できるのはすごいことだが、どうもそれは大がかりな数学計算の結果ではないようなのだ。腎臓がダメになってきている。カリウムが血流の中に増えてきている。それは心臓を止めることになる。これは彼よりも前に生きた何億人もの人たちと同じ末路だ。生命は、どれほど古くから連綿と続いてきていようとも、どれほどくりかえし生きられてきていようとも、ありがたいことに、予測不能であり続けている。死はしかし、これほど近い軌道をやってきたときには、めったに狙いを外さない。

手荷物受取台へと向かいながら、頬を涙が流れ落ちていく。

15

日中の看護師に僕は頼む、父を見ていて終わりが近いことを示すと思われる何らかの変化や兆候が目に入ったら僕に教えてほしい、と。事前に警告しないといけないというプレッシャーをおぼえる必要はなく、何か彼女が気づいたら教えてくれればありがたい、とつけ加える。弟の妻と子供たちは彼らのパリの家からすでに来ていて、僕の妻と娘たちは翌朝の便で来ることになっている。

その午後、母が昼寝をしている間に僕は父の書斎で少しだけ仕事をする。そこから母屋のほうを眺めていると、静けさが本当に驚くほどだ。僕は庭に出て、そこにじっと立ちつくしてみて、二階の寝室で一人の人の人生が終わろうとしているという事実を示すものが何ひとつとしてないことの驚異を味わいつくす。

この家は一九四〇年代、五〇年代に建築家ルイス・バラガンによって開発された地区にある。だからそこは当初、モダニズム建築の住宅ばかりからなっていたが、七〇年代、八〇年代には、建築学的な値打ちがあるのかないのか怪しいお屋敷群が加わっていった。父はこの地区を、熱狂的に好んだわけではなかった。しかし、マヌエル・パッラという独自のスタイルを築いたはぐれ者の手になる家を見つけたのだった――メキシコ的なコロニアル様式と、スペイン様式、モリスコ様式を融合させたもので、しばしば、解体される家から救出してきた扉や窓枠、石組みなどを取りこむのが彼のやり方だった。そのような不吉な材料を利用しながらも、彼の設計した家は偽物めいたとってつけた感じがなく、居心地がいいのだ。父は彼の仕事が気に入っていて、頭でっかちなモダニズム建築と、派手な大理石宮殿ばかりのこの地区の中で、彼の作品のひとつに住むのは、多少とも倒錯的で面白いと思ったのだった。

十代のころ、僕はよく、芝生に背中をつけて空を見上げては、この庭に強い愛着をおぼえたものだった。(その当時ですら僕は、こんなつまらないところを一番お気に入りの場所だと思っているなんて、男の子としてどうかしてると気づいていた。)でもこの極上の一地点から味わう一日の終わりは、気持ちのよいものだった。メキシコ・シティに何年か暮らしたことのある人には、しばしば午後の終わりに特異な魅力があるというのはよく知られていることだ。場合によっては、雨のあがったあとに、大気の中に新しい透明感とすばらしい香りが満ち、遠くにはアフスコ山の頂が見え、突然の停止と静寂が都市の上に広がって、自分が汚染されたこの混沌としたメガロポリスにいるのではなく、かつてそうだったあの澄みわたった目覚ましい盆地にいるような感覚が訪れ、その一瞬のうちには、懐かしさと未来の可能性の両方の感覚があるのだ。弟と、僕の義理の妹になる人は天気のいい日にここで結婚したのだったが、そのわずか一時間後の披露パーティ中には、猛り狂った嵐になって、ビー玉サイズの雹《ひょう》がテントの上に叩きつけた。父はそれに大よろこびだった。彼によれば、これはいい未来を予告するものに他ならないのだった。弟たちは結婚してもう三十年以上になる。

この庭では父の六十歳の誕生日を祝うパーティも開かれ、これに彼は、自分と同じ世代の友人たちだけを招くことにした。若い友人たちの中には、これに腹を立てた人もいて、彼に文句を言ってきた。父はそれでも譲らず、わびもしなかった――この家には、自分の幅広い交友関係の全員を受け入れる余地はないので、自分と同年配だけを選んだのだ、と。ところが内心では、誰かの気持ちを傷つけたのではないかと彼は悶々としていた。

僕はこの家の一階を歩きまわってみる。台所は昼食後にすでに片づけられていて、居間は昔からまるで変わっていないように見える。もちろんこれは正確な言い方ではなく、家具とアート作品、飾り物類は、数十年にわたって蓄積したいくつかの緩やかな層をなしていて、微妙に新しいと同時に、落ちつくような古さがある感じになっている。そのいずれのものに関しても、出現の年代を多少とも正確に割り出すのは不可能だ。小さな太古の岩の原石があって、これは花みたいに見え、花びらにあたる部分は果物ナイフぐらいに鋭くとがっているものだが、これなどは八〇年代初頭にはすでにあったものだ。ラファエル・アルベルティの自筆、手書きの詩文は七〇年代のものにちがいない、四十年におよぶ亡命生活を経てマドリードにもどったあとのものだろう。アレハンドロ・オブレゴンの自画像には銃弾による穴があいている（酔っぱらったある晩、画家は絵の中の自分自身の目をリボルバーで撃ちぬいた——大人になった自分の子供たちがこの絵の所有をめぐって争っているのに腹を立ててのことだった）。ジャック゠アンリ・ラルティーグの写真集は、僕が十二歳のときからずっと見てきたものだ。

およそ二十五年ほど、この家には一羽のオウムがいて、ドアが閉まったり、午後に電話が鳴ったりするたびに、その場にいないかわいい女の子に向けて口笛を鳴らすのを得意にしていた。張りきってひとしきり口笛を鳴らすと、あとはもう穏やかになって、一日じゅう静かに休憩しているのだった。われわれのほとんどはこの鳥にあまり関心を向けなかったが、それが死んだときには誰もが心が折れたように悲しんだ。

16

僕は二階に上がって父のいる部屋を覗いてみる。日中担当の看護師がメモを書いている傍らでは、ヘルパーが雑誌を読んでいる。父は完全にじっとしていて、眠りみたいなものの中にいるのだが、この部屋は家の他の部分とはどうも感じがちがう。まったくの静けさに満ちているのだが、ここでは今、時間がより速く進んでいるように感じられる、まるで急いでいるみたいに、まるであとでもっと時間がとれるように急いで進めなくてはとあわてているみたいに。これにはまったく心を乱される。

ベッドの足のほうに立って、僕はすっかり小さくなってしまっている彼を見やり、彼の息子（子供）であると同時に彼の父親であるような感覚をおぼえる。僕は自分に、彼の八十七年の生涯全体を眺めわたす特異な視点があることをはっきりと意識している。その始まり、まん中、そして終わりが全部、今ここに、僕の前にあって、蛇腹状の本のように繰り広げられていく。

ある一人の人間がたどる人生の道すじを知っている、というのは頭がクラクラするようなことだ。もちろん、僕が生まれる前の年月は、彼や彼の兄弟姉妹や僕の母親が話してくれたこと、親族、友人、記者、伝記作者などが述べたことの混合物であり、僕自身の想像によって美化されてもいる。六歳の少年としての父がサッカーの試合でゴールキーパーをやっていて、自分がふだん以上にすごくいいプレーをしていると感じているところ。その一年か二年のち、ちゃんとした器具を使わずに日食を見て、左目の中央部分の視覚を永遠に失ってしまうところ。男たちが死んだ男の遺体を運んでいくのを祖父母の家の戸口から見ていて、彼らの後ろを歩いていくその妻が、片手には子供を抱えていて、もう一方の手には夫の切断された頭を持っているところ。数の多い弟たち妹たちに食べものを取られないようにするために、自分のフルーツ・ゼリーに唾を吐いたり、プランテンのチップスを靴の中に入れて食べたりしているところ。思春期、一人ぼっちで情けなく感じながらマグダレーナ川を遡って寄宿学校に向かうところ。パリ時代からは、ある午後、ある女性のところを訪問して、夕食を食べていくよう招待されたくてなるべく長居をしようとしているところ――金がなくて何日も食事をしていなかったからだ。それが失敗に終わったあと、帰りがけに彼女の出したゴミの中をあさって、そこにあったものを食べているところ。（この話を彼は僕が十五歳だったときに、僕のいる前で他の人たちに話し、僕はどこにいるどの思春期の若者よりも自分の親を恥ずかしく思った。）パリにはまた、ふさぎこみがちなチリ人の女の子、ビオレータ・パラがいて、彼はときどき、ラテンアメリカ人の国外居住者の会合で彼女と顔を合わせた。彼女は心が締めつけられるような美しい歌を書いて歌って、やがて自分で命を絶った。一九六六年、メキシコ・シティのある午後、彼は母がベッドで本を読んでいる部屋に入ってきて、アウレリャーノ・ブエンディーア大佐の死をちょうど今書いたところだと彼女に宣言した。

「大佐を殺しちゃったんだ」と彼は悲嘆に暮れて彼女に言った。

彼女もそれが彼にとってどういう意味を持つのか知っていたため、二人はその悲しい知らせとともにただ黙ってすわっていた。

まれに見る大いなる文学的名声と富と、誰とでも会うことができる権限を持つようになった長い成功の時代においても、当然ながら、つらい日というのはあった。癌によるアルバロ・セペーダの四十六歳での死、ドラッグ・カルテルによるジャーナリスト、ギリェルモ・カーノの六十一歳での殺害。二人の弟の死(十六人兄弟姉妹の最年少の二人)、著名性のもたらす疎外の側面、記憶の喪失と、それとともにやってきた書く力の喪失。彼はやがて自分の著作を老齢になってから再読することになったのだが、それはまるで、初めて読むような体験だった。「こういう話は全部、いったいどこから出てきたんだろう?」と、あるとき彼は僕に訊いてきた。最後まで彼は自分の本を読み続け、やがて、その表紙から、よく知っている本だと認識できるようになったが、その中身はほんのわずかしか理解していなかった。ときには、本を閉じて、自分の写真が裏表紙に載っているのを見つけて驚き、もう一度開いて再度読もうとするようなこともあった。

彼のベッドの足のほうにこうして立ちながら、僕はこう考えたい――彼の脳が、認知症にもかかわらず(そして、もしかするとモルヒネの助けもあって)、いつもそうであったように、今なお創造性の沸き立つるつぼなのだと。もしかすると、途切れがちで、前の考えにもどったり、物語の流れを維持できなかったりするかもしれないが、それでもまだ活発であると。彼の創造力はいつでも並外れて豊潤だった。『百年の孤独』はブエンディーア家の六世代の話から成り立っているが、彼にはさらにあと二世代分を書くだけの題材があった。小説が長くなりすぎて退屈になるのを恐れて、彼はそれを作品に含めないことに決めたのだった。彼は厳しい規律こそが長篇小説を書く基盤をなすと考えていた、とくに、物語の形態と範囲の大枠を定める上では。長篇小説は映画の脚本や短篇小説よりも自由で、それゆえ、より簡単な形式だと言う人たちとは意見を異にしていた。「危うさに満ちた長篇小説の荒れ地」と彼の呼んだものを横断して進んでいくためには、小説家は自分独自の行程表を事前に書き出すのが絶対的に必要だと彼は論じた。

一九二七年のアラカタカから、二〇一四年のメキシコ・シティのこの日にいたる旅は、およそ一人の人間が体験しうるもっとも長く、もっとも並外れたものと言ってよく、墓石に刻まれる日付は、その中身をとうていあらわしえない。僕が立っているここから見て、それは歴史を通じて、一人のラテンアメリカ人が生きたもっとも幸運で、恵まれた生涯のひとつだったように見える。これには彼自身が、まっさきに同意するだろう。

17

水曜の夜の眠りは途切れがちだ。ドアにノックがあって起こされて、彼が死んだと知らされるのではないかと不安なのだ。僕は夜明けに起きだして彼の部屋まで行き、すると看護師が、彼は夜じゅう身動きひとつしなかったと教えてくれる。彼は僕が最後に見たときとまったく同じ姿勢のままで、ほとんどわからない程度に息をしている。看護師たちはまだ彼のストレッチをしたり、床ずれ防止のために姿勢を変えたりしているのか、それとも、もうそういう段階は過ぎたのだろうか、と僕は考える。僕はシャワーを浴びて服を着替えて、また部屋にもどる。すると今度は、朝の光の中で、彼はなんだか別人のように見える——より質素な暮らしをしている双子の兄弟みたいで、やつれた顔立ちと白くくすんだ肌は、僕から見て、あまりよく知らない人のようなのだ。この男に対する僕の感じ方は全然異なっている。すっかり切り離されているのだ。これこそがこの変容の目的なのかもしれない、カップリングの解消をしやすくしてくれているのかもしれない、ちょうど、生まれたばかりの自分の子供を一瞬目にしただけで愛着の気持ちが突如、湧き立ってくるのと同じように。

キッチンのテーブルに僕は一人、黙りこくった料理人がいる前ですわる。彼女はこの家でもう数十年も、断続的に働いてきていて、その激しい気性ゆえに父がとても面白がっていた人だ。彼女はある時点で僕に目を向けるが、何も言わない。じきに彼女は台所から出て彼女のボスの様子を見にいく――「万が一、何かほしいものがあるかもしれないから」と彼女は言う。

朝食後には父の部屋でバジェナートがかかっているのが聞こえる。これは彼が一番好きな音楽の形式で、室内楽やポップスのバラードなどに浮気した時期のあとで、いつももどっていったところだ。記憶が失われていく速度が増してきてからも彼は、最初の詩節さえあたえられれば、スペインの黄金世紀の詩をいくつも暗唱できた。その力が衰えたあとでも、最愛の歌なら一緒に歌うことができた。バジェナートは彼が生まれた世界にいかにも特有の芸術形式であるため、事実上ほとんど何も思い出すことができなくなっていた彼の最後の数か月間ですら、古典的なバジェナートの最初のアコーディオンの音が聞こえただけでその目には歓びから光がともるのだった。彼の秘書はよく、書斎にすわっている彼のために、長いコンピレーション盤をかけてやっていて、彼はうれしそうにタイム・トンネルに入りこんでいた。だから、最後の数日というところに来て、看護師たちは窓を大きく開けはなって、彼の部屋の中でバジェナートをかけはじめたのだ。それが家じゅうに鳴り満ちる。中には彼の代父兄弟《コンパードレ》〔ある子供の実の父親と、代父つまり名付け親との間の関係〕だったラファエル・エスカローナの曲もある。でも今のこのコンテクストにおいては、不気味な悩ましさを感じてしまう。他の何にもまして、これらの曲は彼の生涯の一番遠い部分へと僕を引っぱりもどしていき、その中を僕はふたたび旅して現在へともどってきて、するとそこでは、最後の子守歌のように聞こえてしまうのだ。

　父は歌を書く人たちを敬服と羨望をもって見ていた——あんなに少ない語数であれほど多くのことを雄弁に伝えられる彼らの能力ゆえに。『コレラの時代の愛』を書いていたとき、彼は破れた恋や片思いの恋を歌うラテン・ポップスを、一定量、毎日のように聞くことを自分に課していた。僕に話してくれたところでは、自分の小説はそういう歌とくらべたら全然メロドラマ的でないが、感情を呼び起こすテクニックについて多くのことを学べるからだという。彼は芸術の形式についてまったくスノッブ的なところはなく、ベラ・バルトークからリチャード・クレイダーマンまで、多様な人たちの作品を楽しんだ。あるとき、テレビでエルトン・ジョンが一人でピアノを弾いて、彼の一番いい曲をいくつも歌っているのを僕が見ていると、偶然父がそこを通りがかった。父は彼のことはぼんやりと知っているだけだったが、音楽が彼の足を止めさせ、結局彼はすわりこんで、魅了されて最後まで全部見た。「なんてこった《カラホ》、こいつはとんでもないボレリスタだな」と彼は言った。ボレロの歌い手ということだ。いろんなものを、自分の文化の中へと位置づけて判断していくのはいかにも彼らしかった。彼はあらゆる場所で一般的になっているヨーロッパ中心主義的な価値基準に気後れすることはけっしてなかった。彼は偉大な芸術が、京都の長屋の一室で、あるいはミシシッピの片田舎で、花開くことがあるのを知っていたし、ラテンアメリカやカリブのどんなに辺鄙《へんぴ》でオンボロな一角でも、人類の経験の例を力強く提供できるという、けっして曲がることのない確信を持っていた。

読むということに関しては雑食的な読者で、『オーラ!』誌のようなものから、臨床医のケース・スタディとか、モハメッド・アリの自伝的回想とか、フレデリック・フォーサイスのスリラーなども、その政治的見解は大嫌いだったが、楽しんだ。愛好した作家の中で広く喧伝されていないものにはソーントン・ワイルダーがあり、その『三月十五日』は、僕の生涯の半分ほどとも思えるぐらい長く彼の枕元に置いてあった。辞書や言語に関するレファレンスの本も同様で、しじゅう手に取っていた。スペイン語の単語で彼が意味を知らなかったというのは一度として見たことがないし、その語源についても、それなりに筋の通った推測を提起できた。あるとき僕が、テクストの批評的解釈を意味する単語を思い出そうとして苦闘していると、彼もしばし我を忘れたようになって、舌の先にある単語をつかまえようと、他のすべてを放り出して必死の努力をしてくれた。すぐに「エクセヘシス（とくに聖書の語句に関する注釈や解説を指す語）！」と叫んだときの彼の顔には、歓喜そのものが見てとれた。それは使われることのない晦渋な単語というわけではないが、彼の世界からは遠く離れたものだった。彼の見方では、それは学術《アカデミア》の領域とインテリ的関心事に属している単語であり、それらはすべて、彼にとっては少しばかり信用ならないものだった。

18

その同じ朝のもう少しあとになって、一羽の小鳥が家の中で死んでいるのが見つかる。数年前に、テラスに囲いをつけて、庭に面した応接兼食事スペースが作られていた。その壁面はガラスなので、その鳥は中に飛びこんだあと、方向感覚を乱してガラスに衝突し、ソファの上に落下して死んだものと推測された。その場所がまさに父が日常的にすわっていた位置なのだ。父の秘書が言うには、家の使用人たちは二手に分かれている――それを悪い兆しだと考えて鳥をゴミ・バケツに捨てるべきだという人たちと、いい兆しだと見て、花壇に埋葬するべきだという人たち。ゴミ・バケツ派のほうが力を持って、鳥はすでに台所の外のゴミ・バケツに入れられている。さらなる議論ののち、その最終的行き先が確定するまでの間、鳥は庭の一角に、とりあえずは地面の上に置かれる。結局その鳥はオウムの近く、他には子犬も埋められている部分に埋葬される。ペット墓地の存在はずっと父には秘密にされていた。心を乱されただろうからだ。

19

正午にわれわれは集まっている。母と弟と、前の晩にフランスから到着したその家族だ。また、夜明け前にボゴタから到着したばかりの母方の従妹もいる。彼女は子供のころにかなり長くわれわれと一緒に暮らしていたので、両親にとっては娘同然に近しい。雰囲気が驚くほど明るいのは、おそらく、誰もまだ生きている人を弔うつもりではないからで、また、言ってみれば、これが久しぶりの再会だからだ。それも主に若い人たちの。

ガラスの扉ごしに僕は父の秘書が、庭の奥にある父の仕事場から出てきて、こっちに急いで向かってくるのを目にする。僕と目が合い、彼女は大きな声で、看護師が僕と話したがっていると言う。みんなをおどかさないようにしているのだが、何かが起こったことは明らかだ。僕はなるべく穏やかに出ていくが、部屋の中は沈黙に陥る。

ゲスト用の部屋に向かっていると、日中担当の看護師が僕に会いに出てくる。「心臓が止まったんです」と彼女はピリピリした様子で言う。部屋に入ると、最初は、父の様子は十分前と全然変わらないと思うが、ほんの数秒後には、それがまったくまちがっていることに気づく。彼は完全に打ちのめされているように見える、あたかも何かが

――列車か、トラックか、稲妻が――彼に衝突して、外傷は何も残さなかったが、生命をきれいに彼の中から叩き出していったかのように。僕はベッドをまわって彼のもとに近づき、声をひそめて不敬なことばを口に出す。看護師は聴診器で脈を捜すのと、医師にダイヤルするのとを交互にやっている。僕にはこの瞬間に彼女が、僕の怒りが自分に向けられるのではないかと心配しているのがわかる、僕が頼んでおいたように事前に警告しなかったことに関して。しかし、僕が彼女に直接何も言わないので、彼女はその懸念より先へと進んでいく。

彼女はようやく父の心臓専門医をつかまえる。三分近く心拍がないのだと彼女は説明する。医師は僕と代わるようにと言う。彼は僕にお悔やみを言い、これから家に向かおうと言うが、僕はこの日彼が休みをとっていて、遠出していることを知っているので、その必要はないと言う。われわれは事前に相談して、そのときが来たなら、病院の主任専攻医に知らせて家に来てもらって、書類を書いてもらうことで同意している。僕は下の階に電話する。母が出て、僕は言う、「心臓が止まっていて」、そしてその次の単語を、声が割れてしまってほとんど押し出せない、しかしおそらく彼女は、そこまで聞く前に受話器を置いたと思う。僕は父のもとにもどる。彼の頭は片方に倒れていて、口はかすかに開いていて、どこの誰よりもか弱く見える。彼のことをこのようにして、一番人間的な大きさにおいて目にするというのは、恐ろしいと同時に心を慰められることでもある。

母が階段を上がって、ゲスト用の部屋に向かってくるのが見える。そのあとに弟とその家族が続いている。通常は彼女が一番動きが遅いのだが、明らかに誰もが、彼女が先頭に立つことを選んだのだ。この数週間の間、彼女は幾十もの決断にあたって、弟と僕に頼ってきている。彼女が部屋の中に入ってきて、父に目をやったとき、二人がともに過ごした数十年の時間が、この瞬間に関して彼女に完全な権威をあたえていることが、稲妻のように僕にはわかる。彼らはあるときまではたがいに知らない存在だったわけだが、そんなことがあったとはまったく想像すらできない。彼らは最初、隣人として出会った、そして、彼が十四歳で彼女が十歳だったとき、彼はふざけて結婚してくれと頼んだ、すると彼女は泣きながら走って家に帰った。彼らの結婚式の日、今のこの瞬間からは五十七年と二十八日前になるが、時刻としてはちょうど同じころ、彼女はドレスを身につけようとしなかった、彼がすでに教会の外に来ていて、だから、ウェディング・ドレスを着たまま祭壇の前に放置される可能性がなくなったことがはっきりするまで。

戸口を通過して母が最初に感じる本能的衝動は、その場の責任を担うことだ。看護師とヘルパーは父の頭を持ちあげて、口を閉じるために、タオルで顎と頭を縛っている。

「もっときつく」と母はベッドに近づきながら大きな声で言う。「それでいい」。彼女は父のことを、上から下へと、まるでそれが彼女の患者であるかのように、すっかり切り離されているかのように超然と見る。彼女はシーツを彼の胸まで引っぱりあげ、しわを伸ばして、自分の手を彼の手の上に置く。彼の顔を見つめて、その額をなで、一瞬、彼女の感情は読みとれなくなる。するとわずかな震えが彼女をとらえ、彼女は急に涙をこぼしはじめる。「Pobrecito, ¿verdad?」（かわいそうに、ねえ?）。彼女自身の痛みと悲しみよりも前に、彼に対する深い同情がやってくる。僕は彼女が泣くのを、僕の生涯でそれまでに三回しか見たことがない。この四回めも、数秒以上は続かないが、破裂するマシンガンよりも力がある。

　それからのいくつかの瞬間はぼやけている。母は立ち去って、廊下の椅子にすわりこむ。この数か月間で初めて、彼女は電子タバコではなくふつうのタバコに火をつける。僕は看護師に、顎が固まってしまう前に父の入れ歯をつけてやってくれるようにと頼み、それをつけているほうがずっと見栄えがいいので安心する。弟と家族はベッドのまわりに、うちひしがれて立っている。彼の上の息子と娘は、記憶が薄れていく前の父のことを、小さかったころによく知っていた。二人は慰めようもない様子に見える。話が伝わって、今ではもう思い出せない順番で、家で働いている人たちが一人また一人と、ドアのところへ、あるいは彼の枕元へとやってきて、信じられないという様子で見つめる。他の人たちの前で痛みや悲しみを表現することに対して、人の目を気にしたりきまりの悪さをおぼえたりしている様子は見てとれない。周囲は消えてなくなって、誰もがそれぞれに、自分だけの、一度だけの対面を果たしている、死去した人との対面だけでなく、この出来事自体との対面を。あたかも死というのが、全員の共有財産であるかのように。誰一人として、それとの関係を否定されうる人はいない、その結社のメンバーとしての地位は誰も否定されない。そして、何かが失われることとしてではなく、何か、実在するものとしての死を目にするのは厳粛な気持ちになる。室内にいる看護師たちにとってすらそうであるようだ。彼女らはそれぞれの仕事を淡々と進めているが、彼女らもまた、頭の中に入りこんで、内省を避けることができずにいるように僕には見える。これはけっして古びることがあっていい出来事ではない。

20

日中担当の看護師と父のヘルパーが遺体をきれいにし、火葬場への旅にそなえて整える。看護師は母に、何か父に着せたい服はあるかと聞く。母がないと言うので、看護師はシンプルな白布でどうかと提案する。母は上等な、白い、刺繍入りのシーツを出してきて、ほとんどまったく無頓着に手渡す。

父の支度がされている間に、医師が死亡証明書に必要な書類を作成する。報道機関への連絡がまだできないことにわれわれは気づく。親しい友人がこの瞬間にはまだ空中にあって、父に別れを告げるためにコロンビアから向かっている途中だし、メキシコの友人も、家族での休暇先から飛行機でもどってきている最中だ。しかし、僕が一番気にしているのは十代の娘たちのことだ。彼女らもまた、妻とともにロスアンジェルスから飛ぶ機内にある。彼女らが着陸して、電話の電源を入れると、祖父がすでに死んでいるという知らせが目に入る、というふうになってほしくない。なのでわれわれは、全員が着陸して、われわれと連絡がつくまで、じっと待って、誰にも電話しないことに決める。これには父なら笑いだしたことだろう。「Vestidos y alborotados」(せっかくおめかししたのに、待ちぼうけか）。

次に部屋を覗くと、父は足先から頭のすぐ下まで完全にくるまれている。ベッドの傾斜が下ろされて、彼は平らに横たわり、薄い枕のせいでほんのわずかに頭が上がっているだけだ。顔は洗われて、頭を縛っていたタオルも外されている。顎が固まって、入れ歯も定位置に収まっている。蒼白で、深刻そうな顔をしているが、平和の中にある。薄くなった灰色の巻き毛が頭にぴったりと貼りついていて、偉人の胸像を思わせる。姪《めい》が彼の腹部に黄色のバラを載せる。それが彼の一番好きだった花で、幸運をもたらすと信じていたものだ。

それからの数時間、われわれは母と一緒にすわっているが、彼女は、よくやるように、気を紛らわすためにニュース番組をつける。テレビではオクタビオ・パスの生涯についての番組をやっている。数年前に死んだ詩人で外交官、両親にとっては気取らずにつきあえる友人だった。母はその番組を数分間見ているが、彼女の表情からは、これからの数日間、数週間、見させられることになるドキュメンタリー番組のことを考えているのがわかる。

だしぬけに彼女は、とくに誰に向けてということもなく、今ごろすでに父はきっと、前の年に死んだ友人アルバロと会って、「tomando whisky y hablando paja」（ウィスキーを飲んで馬鹿話をしている）だろう、と言う。

家の電話が鳴って、めったにやらないことだが、彼女が自分で答える。彼らがそんなに頻繁に会うことのない友人からだ。相手は父の健康状態について聞くために電話してきていて、何でも必要なことがあったら手伝うからと言っている。母は辛抱強く話を聞いて、型どおりにお礼を言い、しかし、最初のチャンスをとらえて、父がすでに死んでしまったことを話す。回線の向こう側にいる相手の声が聞こえなくても、その知らせにショックを受けていること、とくに、その知らせを伝える事務的な口調にびっくりしていることは想像がつく。彼女はさらに、それがすべてついこの一時間のうちに起こったことだと、まるで食品のデリバリーについて話すみたいに説明する。僕の姪と甥《おい》たちは、彼女のことをよく知っているので、驚きあきれているが、同時に、笑いをこらえるのに苦労している。僕が彼らの心中はわかっているという目配せをすると、彼らはこらえきれなくなって出ていかなければならない。

21

コロンビアからの友人はすでに着陸しているはずだが、玄関の鐘が鳴って彼が下に到着していると知らされるまで僕は気づかない。僕は下におりて、急ぎ足でキッチンに向かい、するとほとんど正面から彼にぶつかってしまい、ちゃんとした挨拶もせぬまま、父が死んだことを一気に言ってしまう。相手は父のもっとも古い仲間の一人で、僕のせいで完全に虚を突かれてしまったようだ。彼は呆然となって、ことばもなく、その目はうつろな光をたたえる、まるで、数秒のうちに、友情の一生涯を心の中で再訪しているかのように。こんなふうにぶっきらぼうに知らせをぶちまけるとは、自分もだいぶ疲れて、張りつめているわけだ、もう少しうまくやらないといけない、と考える。

休暇先からもどってきた友人も到着し、それからようやく僕の妻も着陸して、機内から電話をかけてくる。知らせを伝えると、彼女の悲しみに僕も感極まってしまい、娘たちに話すことができなくなる。彼女らと顔を合わせるときまで待つことにする。

数人の友人と親戚に電話をするが、話すのは回を追ってなおさらむずかしくなっていく。相手はみな、最新の状況を知らせてあった人たちだから、誰も驚きはしないが、誰もが電話の向こうで黙っている、あるいは、ほぼ黙っている。それは沈黙というよりは真空みたいなものだ。彼らの多くは他の人たちに知らせるというミッションを帯びており、あまりコメントもせぬまま、その仕事にとりかかる。ほとんど五十年のつきあいになる父のエージェントは、「Qué barbaridad《ケ・バルバリダー》」とだけ、この世にあって永遠に不可能であったことがついに起こってしまった、というような調子で言う。僕の心の中では彼女の顔が見える、目を閉じて、その観念の中に沈潜していって、自分自身の奥深くに入りこんでいこうとしている、そうすればそこでは、想像すらできなかったことが徐々にリアルなものへと変わっていくかもしれない、というかのように。「Qué barbaridad」と彼女はくりかえす。「なんてひどいこと」と彼女は言って、僕らは電話を切る。父の生涯にわたる友人たちの多くにおいて、僕は似たような反応を見てとる。悲しみの向こうには、あんなにはちきれんばかりのエネルギーに満ちた、解き放たれた男が、いつでも生に、そして生者の苦闘に熱中していた男が、消えてしまったのが信じられないという思いがある。

僕は椅子にすわって、事前に合意してあった報道機関に電話をかける、しかし、復活祭の休みに入る直前の木曜日の遅い時間であることから、カトリック諸国のニュース機関の編集長らをつかまえるのは不可能だ。クリスマス・イヴと同レベルのニュース枯渇期なので、誰もが月曜日まで社にはもどらない。われわれはじりじりしながら、二時間近くもすわって時間をつぶして、誰もが早く出してほしいと期待している知らせを保留しておくことにとらわれていたわけだが、いざそれを出そうとすると聞いてくれる人が誰もいないのだ。そこでついにわれわれは、家族の休暇先から飛んできてくれた友人、多数のフォロワーを持つラジオのパーソナリティである彼女に、ソーシャル・メディアで発表してくれるよう頼むことにする。ほんの数分もすると、家の電話も携帯電話も一気に鳴りだし、家の外ではリポーターも支持者も、警察官も急増する。

III

彼女は聖木曜日に死んで朝を迎えた。アウレリャーノが運ばれてきた籠よりわずかに大きい程度の小さな柩《ひつぎ》で埋葬され、埋葬に立ち会った人がとても少なかったのは、ひとつには彼女のことをまだ覚えている人が多くなかったからであり、もうひとつには、その正午があまりにも暑くて、方向感覚を乱した鳥たちが散弾銃の弾のように壁に衝突したり、窓の外の金属製の網戸を突き破って寝室の中で死んだりするほどだったからだ。

——『百年の孤独』

22

父の死の知らせが公開されてしばらくすると、彼の秘書のもとには、長いこと話もしていなかった友人からのEメールが届く。その友人は、彼のもっとも有名な登場人物の一人であるウルスラ・イグアランもまた、復活祭前の聖木曜日に死んだということに、われわれが気づいているのだろうかと言ってきた。彼女はこの小説の一節をEメールに書いてきている、そこでそれを再読した父の秘書は、ウルスラの死のあと、方向感覚を失った鳥が壁に飛びこんで死んで床に落ちた、とあるのを発見する。彼女はそれを音読して聞かせるが、それは明らかにその日の早い時間にあったあの死んだ鳥のことを考えたからだ。彼女が僕のほうを見やるのは、僕がこの偶然に関して、愚かにも何か見解を口にするのを期待してのことなのかもしれない。僕にわかっているのは、自分でも誰かに話したくてしかたなくなっていることだ。

23

僕の家族が家に到着し、すばらしい思いやりをこめて僕に挨拶すると、娘たちの主な関心の的は彼女らの祖母になる。五人の孫たちは昔からいつも、彼女のことをとても大切に思って心配してきた。彼女は心が乱れた様子もなく、口数も多く、孫たちの生活について、いつものようにいろいろと質問をする。娘たちもそれに調子を合わせる、彼女が予想外の態度を示すのに慣れているからだ。彼女らは自分たちの祖母のことを一風変わった独特な人ととらえている——エキセントリックでありながら地に足がついていて、格式張っていながら突飛でもあり、いつでもポリティカル・コレクトネスの限界を試している人だ。彼女らは祖母のことを敬服して見ているが、彼女のほうから孫たちを笑わせることもあり、それが祖母に対する彼女らの愛着に大きく寄与してきている。

コロンビアから飛んできた友人が母に、父に会う許可を求め、彼女は同意する。僕も娘たちにその選択をあたえる。一人は拒否する。もう一人は受け入れて、祖父を少し離れた位置から眺めやり、ほとんど何もコメントはしないが、その表情には好奇心が悲しみと競り合っているのが見てとれる。

今や知らせがテレビでも扱われており、僕の父の伝記が、短いもの長いもの、古いもの、急いでまとめたものなどいろいろだが、複数のチャンネルで流されている。母はそれらの間を行ったり来たりして、熱心に見入っているが何も言わない。われわれは彼女のまわりに集まり、死んで隣の部屋に横たわっている男の生涯と業績を今一度おさらいする。

24

葬儀社の男性二人が玄関に来ている。彼らの小さなワゴン車がガレージにバックで入ると、扉は閉ざされる。家で働いている人たちは最後の別れをするために急いで集まってくる。料理人がやってきて、父の顔をなで、その耳に向けて「よい旅を《ブエン・ビアヘ》、ドン・ガブリエル」と囁く。彼女は背が高くないので父の額に触れるには背伸びをしなければならない。ようやく彼の鼻に、それから手の甲にキスをする。弟は父の耳に何かを囁くが、僕には聞こえない。この時間はあまりに濃厚に私的なもので、ほとんど耐えられないほどだ。僕は後ろに下がって、部屋から出る。他の人たちは部屋の壁際に、あるいはその外に黙って立って、彼を見つめている。母はもう近づこうとしない。

　二人の男性が父を驚くほどの手際をもって、花その他ともども遺体収容袋に移し、それから袋をストレッチャーの上にきつく縛りつける。ストレッチャーを部屋から運び出して、もうひとつ部屋を通過してから階段を運び下ろすところは息をのむような光景だ。この数日間を通じて、僕の想像力はさまざまな出来事の可能性を事前に描きだしてくれていたが、この瞬間だけは一度も予見していなかった。男たちは実に専門家らしく動くが、彼らの身のこなしにはどこにも、彼らがあらゆる年齢、あらゆる状況の人々を相手にして、数え切れないほどの回数おこなってきているこの作業に対する過度な慣れや、飽き飽きしている様子は言うまでもなく、まったく見てとれない。彼らの態度はこの作業を威厳で満たす。それは見知らぬ人ですら、死んだ人に対して、いつでも、どこでも、おこなうことだ――死んだ人の身体は真剣さをもって扱うのだ。階段を運び下ろす途中で、ストレッチャーは、踊り場の曲がり角を通過するために、ほとんど垂直近くまで傾けなければならない。一瞬、僕は父が、まるで気をつけを命じられたかのように、暗がりの中で、何も見えず、誰からも見られぬまま、直立しているところを想像する。われわれはみな、階段の一番上か下に立って、黙って見つめている。母だけがすわっていて、様子を眺めているが、その心中はうかがえない。これに先だって起こった死、そして、このあと、その晩遅くにある火葬とちがって、この瞬間にまつわる感情には神秘性が一切ない。それは骨に切りつけてくる――彼は家を出ていく、そして、二度ともどってこないのだ。

ストレッチャーが葬儀社の車に乗せられていくと、僕は弟と子供たちとともに、通りを見下ろせる寝室へと移動する。家の外には、崇拝者（彼らのことを父ならむしろ、読者と呼ぶだろう）、報道陣、そして警察を合わせて、二百人ほどの人が集まっている。

近所の家の人たちも、それぞれの窓や屋上から見つめている。ガレージのドアが開き、ワゴン車がゆっくりと、そして注意深く、警察官がおおむね無視されることになる命令を叫んでいる中、群衆の間を通り抜けていく。僕の娘たちは驚嘆して見つめている。彼女たちの祖父の名声は、ときには具体的なものとなるが、たいがいは抽象的で、カリフォルニアにある彼女らの世界からは遠いものだ。あるとき、彼女らがまだ小さかったころ、二人がメキシコ・シティで彼と一緒にレストランに入ると、その店全体が誰からともなくいっせいに拍手しはじめたことがあった。彼女らがこの話をするのを聞くのは本当に魅入られるような体験だった。両親がロスアンジェルスに滞在したときには、僕は昼食を食べに彼らをしばしば、一番トレンディなレストランの類いに連れていき、彼らはその地元の裕福で有名な人たちに囲まれて、まったく人知れず食事をした。たいがいの場合、父に気づくのはラティーノの駐車係たちだけで、何度か、食事のあとでサインしてもらうために彼らが仲間を買い物に走らせて本を用意していたようなこともあった。こんなこと以上に父を歓ばせることは他になかった。

25

夜の早い時間にわれわれが葬儀場に到着すると、何百人もの人が表に集まっていて、道路にまで群衆があふれ出している。父の遺体がそこに運びこまれてから、葬儀が公開のものになるという期待が、少なくとも友人たちには公開されるだろうという期待が生じている。交通を迂回させなければならず、われわれの車が建物内の駐車場に入るのにも警察が通路を切り開く。のちになって僕は、友人たちからその場にいたのだと知らされることになる。

葬儀責任者と葬儀場の支配人が、礼儀正しく謹厳な格式にのっとってわれわれを出迎える。それはこの職業に特徴的なものだが、同時に、深くメキシコ的なものでもある。僕は地下駐車場の端の、火葬室へとつながるドアの近くにある待機エリアみたいなところで待つ。僕と一緒にいるのは妻と、一家の友人二人、そして父のヘルパーの一人で、彼女は父との関係が特別に深かった人だ（その同僚の一部は、彼女が父に恋していたのではないかと推測していた）。何時間にもわたって会話したりニュースを見たり、無数の電話やEメールに対応したり、最後の数時間のうちに家にやってきた友人たちとやりとりしたりしたせいで、もうすでに父が死んでから何日も経ったみたいな感じがする。僕は無感覚になっている。心はいくつかの異なったルート――悲しみ、思い出、論理――を試みるが、いずれも深まる前に行き止まりに行きつく。斜に構えた軽薄なユーモアというのしか、僕には出口がない。

父の火葬の用意ができるまでまだしばらくかかると言われている。母の指令ははっきりしている――今日やるように、なるべく早く。だから僕らは待つ。

ロスアンジェルスで俳優をやっている友だちから電話がかかってくる。彼と話ができるのは気分転換になってありがたい、けれども同時にそれは、カリフォルニアでの自分の人生が、まるで別世界のように遠く隔たったものであるように感じさせることにもなる。言語を切り替えなくてはならないということそれ自体が、通常は努力もせずにできることなのだが、今回ばかりは一仕事のように感じられる、まるで下手な脚本に描かれた役を演じているみたいに、あるいは、国境で入国審査官を騙《だま》そうとしているかのように。

突然、僕自身の二重生活がある種の人格障害であるかのように感じられる。よく言われてきたように、隣りあったふたつの国で、これほど大きく異なっている国はない。米国内にはメキシコ的なものが強く存在しているにもかかわらず。単に言語と文化がちがうというだけではない。心情のありよう、世界の見方のちがいであって、どちらの側にも羨望の対象となりうるものがあるのだが、両方はコインの裏と表ほどにも大きく異なっている。誰もこれ以上はなれないんじゃないかと自分で思うほどにまで僕は二重文化的《バイカルチュラル》になっているが、この一日にかぎっては、父の宇宙そのものに濃密にかかわることであるだけに、僕のこの二重性は居心地悪く不自然なものに感じられる。

四十代半ばになるまで自分では気づかなかったのだが、ロスアンジェルスに住んで仕事をする、それも英語で仕事をするという僕の決断は、父親の成功の影響圏の外で自分の道を築きたいという意図的な——無意識的でもあったかもしれないが——選択だったのだ。まわりにいた人たちからすれば明らかだったことを、僕自身が見てとることができるようになるには二十年がかかったのだ。僕が働くことを選んだ国が、なぜ、話されている言語が父の話せない言語である国だったのか（彼はフランス語とイタリア語は流暢だったが、英語は報道記事を読める程度にしか使えなかった）、なぜ、彼がほとんど暮らしたことがなく、親しい友人もほとんどなく、おまけに長年、入国できるヴィザを持っていなかった国だったのか。また、僕が選んだのは映画のためにものを書いたり監督したりということで、これは彼の生涯の夢であったわけだが、彼は自分の書いた奇妙な物語を映画として売り込むのに失敗した結果、それを書き換えることでその世紀のもっとも有名ないくつかの小説を生み出すことになったのだった。僕自身はびくびくと怯えながら撮影監督としてのキャリアを始め、それはまったくうまくいかなかったというわけでもなかったが、やがて、また別の野心の重みを受けて崩れ去った。僕が自分の最初の映画のプレプロダクションの段階に入ろうとしていたとき、父はその脚本を読ませてくれないかと訊いてきた。彼が僕のことを心配しているのだということはわかった。弟や僕のすることが何であれ、いつでも自分のなし遂げたことと比較されて判断されることになるのを彼は恐れていたのだ。われわれの双方にとって幸運なことに、彼はその脚本が気に入った。彼は僕の完成させた映画はいずれも大好きになり、恥ずかしげもなく、友人であれ誰であれ、上映会に引きずりこむことができた人すべてに見せびらかして自慢した。

晩年になって父は、映画の脚本を二人で一緒に書かないかと提案した。彼は以前からずっと、成功したキャリアを持つ中年の女性が、夫が浮気をしていることを疑いはじめるという映画を書きたがっていた。彼女はじきに、夫にはたしかに愛人がいることを突き止めるのだが、その女は彼女自身と非常によく似た女性で、生活習慣も趣味も似通っていて、彼らと非常によく似たアパートメントに暮らしている。実際、一人の女優にこの女性たちを二人とも演じさせるべきだと彼は考えていた。しかし、僕らが腰をすえて話を展開させはじめたところ、衰弱していく彼の記憶のせいで対話はかみ合わず、不満のたまるものとなった。僕にとってそういう会話は苦痛で、だから先延ばしにしたり、短く切り上げたりして、実はいずれ彼が忘れてくれることを願っていた。彼がついに忘れることになるのはかなり先のことで、それまでは、僕が単に関心を持てずにいるのだと考えていたかもしれない。今日この日まで、このエピソードは悲しみの源であり続けている。

26

やがて、われわれは葬儀場の中に案内される。右側には火葬室があり、左は準備部屋で、僕はしばらくそこで父と時間を過ごすことが許されるのだという。その部屋でわれわれは白衣を着た魅力的な若い女性に迎えられる。彼女は僕と握手して、お悔やみを述べてから、とくに依頼を受けてはいなかったのだが、父に多少手を加えたので、問題がなければ幸いだとつけ加える。彼女は父にかすかなお化粧を施し、髪をとかし、口髭と伸び放題の眉を切りそろえていた。この眉は母が長年、幾度となく親指を使って整えていたものだ。公開のために死者に手を加えるという行為は、葬礼にかかわるその他の習慣すべてと同様、父にとっては不愉快なものだった。（彼は葬式には一度も出席しなかった。「友だちを埋めるなんてしたくないんだ」と彼は言っていた。）しかし、今、彼は十歳は若く見え、単に眠っているみたいだ、そして僕は、このような彼を、化粧品の助けを借りてのことであるにせよ、最後に見ることができて自分がかなり歓んでいることに驚いている。シーツは彼のまわりに以前よりもさらにきつく巻かれており、生前であれば、閉所恐怖症の彼にはとうてい耐えられなかったことを僕は知っている。彼はすでに、いろんなことを超えた先の地点にいるのだと初めて気づいたのがこの瞬間だ。（あるとき彼は、頭の中で四十五分間、目を閉じて詩を暗唱して過ごしたというが、それは長い時間のかかるPETスキャン機の閉所恐怖を生き抜くためだった。）

カーテンが閉ざされる音がしてふりかえると、僕が一人でその部屋に残されていることに気づく。まわりを見まわしてみる。父が横たわる車輪付き寝台と何も置いてないテーブルを別にすれば、その部屋には何の家具も道具もなく、完璧に清潔で、奇妙な匂いもない。急ぐべきなのか、そうでないのか、うまく判断できない。どちらの選択肢にも惹かれるところがある。彼の頬に触れてみると冷たいが、それは不快な感覚ではない。この穏やかな、休養している状態では、彼の顔つきに認知症の徴候は何もない。僕はふたたびこの顔の上に、彼の明晰さを、彼の無限の好奇心を、そして、彼の持っていたものすべての中で何よりも羨ましいと思うその驚異的な集中力を、読みとることができる。彼はほとんど毎日、朝の九時から午後二時半まで、トランス状態と表現するしかない状態で仕事をした。弟と僕が子供だったころ、母はときどき、伝言を伝えるために僕らを彼の書斎に送り、すると彼は書くのをやめて、僕らが伝言を伝える間、僕らのほうに向き直る。彼は僕らを透過した背後を見ていて、その地中海人的な重い瞼《まぶた》は半分下っていて、片手にはタバコがあって、灰皿にももう一本火がついていて、なんにも答えない。

もう少し年上になってからは、僕はときどき、「僕が今なんて言ったか全然わかってないでしょ?」とつけ加えて言ったが、それでも何の返事もない。僕らが出ていったあとでも彼はその姿勢のまま、ドアのほうに向き直ったまま、語りの迷路の中をさまよっていた。このレベルの意識集中があれば、人がなし遂げられないことはほとんど何もないと僕は信じるようになった。アートとデザインに、つきつめた一心不乱さをもって取り組む弟は、これの一部を受け継いだ。

こういう状態だったにもかかわらず、ぴったり二時半になれば、父は僕らとともに食卓についていて、完全に現実にもどっていた。しばしば、自分は今、十九世紀の偉大なロシア小説以来一番すごい小説を書いているところなのだと宣言して話を始め、それからはありとあらゆる話題に移っていき、僕らの生活についてもよく訊問《じんもん》してきた。午後の昼寝のあとでは、当初の熱狂は弱まっていった。夕食どきになると、翌日の仕事はむずかしいところなのだと言い、いくつか深刻なハードルがあり、それを乗り越えることが本の芸術的成功にとって決定的な意味を持つ、と話した。翌朝の朝食になると、不安が新しいレベルに達していることを正直に話した――「もし今日のところがうまくいかなければ、小説全体がダメなのかもしれない。もしそうだったら、もうやめてあきらめる」。その後、昼食になると、この周期がまた一から再開するのだった。

彼が呼吸をしていないということに急に気づき、そのことに僕は陶然となる。彼が息をするかもしれないのが怖くなり、死んだ人が息をしていたらそれはとんでもないことだから、僕は彼を何秒間もじっと近くから見つめているが、しまいには自分のほうが息を止めていることに気づき、急いで息を吐いて、間抜けのような気持ちになる。彼の口髭は、彼の鼻や目や唇と同じくらい、彼の一部だ。それは生涯で唯一の髭であり、十七歳で生やしはじめて一度も剃らなかった。七十代初めに化学療法を受けていたときには失われたが、トカゲの尻尾のようにまた生えてきた。僕は心の中で、生きている父と死んでいる父と、有名な父と、今ここ、僕の目の前にいる父の間に橋を架けようとしているがうまくいかない。何かを言いたい衝動があり、考えてみるとそれは「よくやった」だ。しかし僕は声に出しては言わない、あまりに本気に、センチメンタルに聞こえてしまうのが嫌だからだ。彼の写真が撮りたくなり、携帯電話で撮影する。が、すぐさま、彼のプライバシーを暴力的に侵害してしまったことの罪の意識と羞恥で腹の奥まで気持ちが悪くなる。写真を消去し、代わりに彼の遺体の上に載っているバラのひとつを撮影する。彼はあのかわいらしい若い女性が手をかけてくれたことに、彼は大歓びだっただろう。彼はきっと軽口をたたいて彼女と戯れたはずだ。

27

　僕はカーテンを開けて、先に進もうと言う。彼は係員に押されて、ひとつの部屋から次の部屋へと、二十歩にも満たない距離を移動する。一瞬僕は、死刑を宣告された人たちが移動する短い距離のことを思い出す——待機用の房にすわっていて、そのときが来て初めて、処刑室がその間ずっと、すぐ隣、壁の反対側にあったことに気づくというような。今度の部屋は前のよりも大きいが、やはり申し分のない清潔さだ。父のヘルパーと友人二人がそこにいるが、妻は外の待機エリアにもどってしまっている。僕は急いで外に出て、せっかちに彼女を招き入れるが、それが誰か支えてくれる人が必要だからなのか、それとも、目立たないようにしたがる彼女の性向を受け入れたくないからなのか、自分でもわからない。そんなことわかるもんか？　僕はその場に彼女に一緒にいてほしいのだ、単純にそれだけだ、そして、彼女は義理の父親の火葬に立ち会いたくないのかもしれないとはまったく考えないのは、僕としたことがまったく超絶男性的だ。

　係員が車輪付き寝台を、閉ざされた炉の扉に接して配置するが、しばし、何ごとも起こらない。バーナーの低い、控えめな響きだけが、汚れひとつないお行儀のよい機械の内部から聞こえている。貪欲にむさぼるという自分の仕事をする番を待っているのだ。するると誰かが、僕に目配せをしたのか、何かを言ったのかして（もはや思い出せない）、僕がそうと言うまで何も先に進まないのだと知らせてくる。僕は葬儀責任者にわれわれは用意ができているという合図をし、すると技師が炉の扉を開き、父はゆっくりと内部へ、短いベルト・コンベヤーに乗って運ばれていく。父のヘルパーが「アディオス・ヘフェ」と言う。葬儀場の従業員らは拍手をする。黄色のバラはまだ彼の上に載っていて、こんなものは一瞬にして無に帰してしまうと考えたのを覚えている。遺体は頭と肩だけが見えているところまで進み、するとそこで何かがおかしくなって、動かなくなってしまう。葬儀場の従業員の一人が急いで適確に、あたかもこの出来事が異常なことではないかのように歩み寄り、両方の肩を下に強く押すと、遺体はふたたび動きだして、ついに飲みこまれる。扉がその後ろで閉まる。

父の身体が火葬炉の中に入っていく光景には、魅入られて催眠術にかかるような、感覚が麻痺するような感じがある。ありえないほど豊穣に意味をはらんでいると同時にまったく無意味であるように感じられる。その瞬間に僕がある程度の確かさをもって感じるのはただ、彼はそこにはもう全然いないということだ。これは僕の生涯でもっとも読み解けない光景であり続けている。

IV

……彼自身の秋の、冷えきった最後の枯れ葉のたてる薄暗い物音の間を抜けて、忘却という真実の闇の祖国へと飛んでいきながら、彼は腐った糸くずだらけのボロ布である死の外套に恐怖からしがみつき、歌声をあげながら通りにくりだしてきた熱狂した群衆の大音声すらまったく耳に入らずに……

――『族長の秋』

28

その翌日、金曜日、早朝の地震が、世界は続いているのだと思い出させてくれる。地震のない場所からの訪問客にとっては、彼らの今回の旅の幻想性をさらに高めることになる。しばらくしてから、母は電話を受け、国立芸術院宮殿、通称ベヤス・アルテスが父の追悼式を開きたいと言っていることを知らされる。一般に公開され、メキシコとコロンビアの大統領も出席するものだ。われわれもそれをやるのはうれしいが、次のページに移るまでさらにあと四日近くも待つのは面倒だというのは否定しようがない。

友人たちが近くから、遠くから、到着し続ける。家はカクテル・パーティというか、昼も夜も飲み物とスナックが用意されているお通夜と化し、母は宮廷の主として相手を持ちあげたり、訊問したり、判決を下したり、疲れを知らない。僕が名前は聞いたことがあるが一度も会ったことのない人たち、両親が最近の数年間、僕がロスアンジェルスに移ってから作った友人たちもいる。その集団は彼らの関心のありようを反映している――あらゆる年齢、職業、社会階層にわたっている。母は片手に入るほどの少人数の訪問客には個別に、別室で会うが、その中には大統領経験者が二人いる。悲しみにもかかわらず、また、疲れきっていると想像せざるをえないにもかかわらず、彼女は礼儀正しく、辛抱強い。客のうちの一名か二名については、立ち去ったあとで彼女は容赦ない判断を下す。多少の辛辣さと切れ味鋭いユーモアをもって。彼女は、父が能力を失ってからは連絡を断って、彼女に挨拶もよこさなくなった人たちのこと、けっして許していない。このクソ野郎リストは長くないが、そのリストに載っている人には、幸運を祈るとしか言いようがない。

また別の機会に弟は、ある有名な大学の学長が玄関に来ているという連絡を受ける。ドアを開けると、その男は一歩前に出て、政治家の選挙演説を思い出させるような、うまく構成されているが退屈な追悼文を口にし、それ以上は何も言わずに弟を形式的に抱擁し、そのまま永遠に去っていく。

父の弟の一人がその妻と一緒に到着し、やはり父の家族の側の従姉妹が、僕はほとんど三十年会っていないのだが、やってくる。カルタヘーナで育った彼女は、今では米国メイン州の小さな町に住んで地元の人と結婚していて、彼女がその地元に適応するのではなく、地元の文化を彼女のほうに適応させているという彼女の話は、すごく楽しい。それは逸話と粉飾と誇張に対する父の一家の情熱を思い出させるものだ。聞き手を引っつかんだら絶対に放さない。いい物語は真実にまさるのだ、いつでも。いい物語こそが真実なのだ。
ある午後、彼の秘書から僕に電話がある。彼女は、医療器具レンタル会社の人たちがみな、父があのベッドの上で亡くなったと知っていることを心配している。そのベッドがどこにどう行きつくことになるのか、と彼女は言う。売り出されて、気味の悪い記念品としてコレクションされるかもしれない。われわれはそのベッドを買いとることに決める。当面は、分解して、どうするか決まるまでは家の裏側にあるガレージに、見えないように置いておく。これについては、近くにあってほしくないだろう母には何も言わないでおく。彼女なら、次に自分が使うことになるまで置いておくのかと言いだすだろう。

弟は葬儀場から父の遺灰の入った骨壺を持って帰ってくる。ちょうどいい骨壺を選ぶのも厄介なことだった。母は高くもなく、安くもないもの、エレガントだが控えめなものを望んだ。彼女が目にしたときの様子からは、どうやらそのお眼鏡にもかなったようだ、ほんの一秒か二秒しか見なかったのだが。追悼式までは父の書斎にしまっておくようにというのが彼女の指示で、包んでおくために黄色い絹のスカーフを出してくる。そのときになって、僕自身の疲労困憊のせいだとしか考えられないのだが、僕の娘たちと、弟の子供たちを、骨壺と一緒に写真に撮っておこう、といういい考えが浮かぶ。彼らはぎょっとなるが、同時に、超笑えるアイディアだとも思い、だから彼らはやることにする、戸惑いつつも、必死に笑いを抑えながら。自分のおじいさんが重さ三ポンドの灰になってしまったと考えたら、笑う以外にどうにもしようがないのではなかろうか？

このパーティみたいなものはまる三日間続き、疲れはするが、救いでもある。月曜日、追悼式の日、僕は一人で朝食のテーブルについている。自分の皿から目を上げると、父の椅子の背もたれの上に、小さな完璧な虹ができているのが見える。朝の太陽が、数日前に鳥を殺すことになったあのガラスの壁によって屈折しているのが原因だ。月曜の午後の半ばには、この集団の核になる人たち、数ダースというところだが、その人たちがベヤス・アルテス行きの車やタクシーの軍団に乗りこむ前に、庭に集結して写真を撮る。庭で集団が解散する際に、母は大きな声で指令を出す——「¡Aquí nadie llora!」。誰も泣くことが許されていない。

ベヤス・アルテスへの道中で、僕は友人に、車から下りて宮殿の中を行く間、骨壺を持ってくれないかと頼む。それを持っているところを撮影されたくないのは、あまりにも私的な行為だからニュースなどで見たくない、というだけの理由だ。

われわれは車から下ろされたところで集まり、芸術院の責任者のあとについて上階に上がり、廊下を抜け、ドアの前に来て、そこから一歩踏み出すと、思いがけず、メイン・

ホールの中に出てしまう。自分が何を予期していたのかわからないが、それから起こることにはかなり威圧される。壇の上には大きな台があって、そこに黄色いバラに囲まれて骨壺が置かれている。その両側にはゲストのための椅子が並ぶ広い着席エリアがある。しかし、骨壺の真向かいには足場が組まれていて、そこには百人以上のカメラマンやビデオ・カメラマンや記者がのっかっている。われわれは左側のエリアの前列に、先に到着している高官や友人たちとともにすわる。明らかにわれわれは、骨壺を囲んで数分間は護衛のように立っていることが期待されている。弟と僕は母とともに進み出て、言われた場所に立つ。カメラのフラッシュの集中砲火が、このきわめて奇妙な瞬間を超現実的なものにする。世界じゅうでこれを見ているかもしれない知り合いたちのことを考えずにいるのは不可能だ。そこにいるのは本当は僕ではないのだ、ただスーツを着てネクタイを締めている男、三歳と五十三歳の間のどこかの年齢に属する男が、なんとか自分に注目が集まらないようにしようとしているのだ。われわれのあとには、弟の家族が護衛に立ち、やがて僕の妻と娘たちの番になる。娘の一人は、社交不安を感じるほうなので、あとで、このときの経験は非常に苦痛で、ほどんど耐えがたいほどだったと僕に言うことになる。彼女がかわいそうになる。もっとも私的である瞬間に、悲しんでいる状況の中で、そして思春期の苦しみの最中に、こんなふうにして露出されるのは拷問であるはずだ。

それからの二時間、われわれはすわって眺めている、何千人もの人——その大部分は何時間も小雨の中で屋外に並んでいた人たち——が弔意を示しながら、歩いて通りすぎていく。多くの人が、花や思い出の品、宗教的な像、ペンダントなどを、骨壺が置かれている台の下に置いていく。彼自身の本や、お悔やみの文や愛の手紙が残されていき、中にはマエストロへと宛名書きされているものもあるが、大部分は、もっとインフォーマルに、ガボへ、とか、ガビートへ、となっている。これは僕らの父が、大いに他の人たちに属する存在でもあったことを強力に思い出させる。

このイベントは、まだ会っていなかった、あるいは長いこと会っていない数多くの友人たちに再会するチャンスにもなる。僕は何人かが、他の追悼客と一緒に歩いてきたのを、通りすがりに見つけることになる。僕は彼らに、ホールの反対側で会おうと合図し、急いでたがいに近況を話す。こうした出会いがあったせいで、これはまったく楽しみのないイベントにはならずにすむ。

ある時点で僕は、すわって考えこみながら、通りすぎていく追悼客の顔をより注意深く見てみる。父がかつて、人間には誰でも三つの人生がある、公的な人生、私的な人生、そして秘密の人生だ、と言っていたのを僕は思い出している。一瞬、父の秘密の人生に属している人が誰か、ここに来ている人に混じっているのかもしれないという考えが浮かぶ。これについてもっと考えはじめる前に、列に並んでいたバジェナートのトリオがやってきて、立ち止まり、父に向けて歌を演奏する。祝祭的でありがたいことだ。

われわれはコロンビアの大統領の飛行機が着陸し、すでにこの会場に向かっているという知らせを聞く。じきに彼は、招待主であるメキシコの大統領のあとについて登場する。うれしい驚きは、僕の両親の友人たちが何人もその飛行機に乗ってきたことで、この新しい人波がわれわれを元気づけてくれる。母は歓喜をもって彼らに挨拶し、悪びれることなく大歓びしている。「¿Qué te parece todo esto?」（この会はどう？）と彼女は訊く。

両国の国歌が演奏され、それでだいぶムードが変わる。コロンビアの大統領は、年齢的には僕に近く、父がだいぶ前から知っていた人で、大統領になるずっと前から彼の友人だった。彼は回りくどい言い方をしない人だ。ガボは、と彼は言う、単純明快にこれまでに生きたもっとも偉大なコロンビア人だ。母は彼のことを誇らしげに見ている、まるで、偉くなった甥っ子であるかのように。彼の兄弟もやはり来ていて、この人はジャーナリストで、母が一番好きな人の一人なので、ボゴタの最新ゴシップで母の情報をアップデートしてくれる。彼女は結局のところ、けっこうハッピーにしている。

メキシコの大統領は演説の終わり近くで、この点を別にすればけっこういい内容なのだが、われわれのことを「息子たちと未亡人」と呼ぶ。母が気に入らないにちがいないので、僕は席にすわったまま身体をくねらせる。両元首が去ると、弟は僕のところに歩いてきて、わざと真面目くさった顔をして言う――「未亡人ときた」。僕らはひねくれた笑い声をあげる。あとになって母も自分の思いをずいぶんとはっきりした言い方で、不機嫌に口にすることになる。彼女は、誰かジャーナリストに出くわしたら自分はできるだけ早く再婚するつもりだとまっさきに言ってやる、と迫力満点で言う。この話題についての彼女の最後の台詞はこうだ――「No soy la viuda. Yo soy yo.」(私は未亡人じゃない。私は私なんだから。)

弟と僕は、僕らの父親に別れを告げにきた人がベヤス・アルテス宮殿の外に並んでいるかぎり、どれだけ遅くなろうとも、国家元首や報道機関が、友人や家族が、帰ったあとでも、僕らはここに残っていようと約束していた。しかし、イベントの公的な終了が宣言されてしばらくすると、僕らもう倒れそうで、善意だけではこれ以上もたないことがはっきりする。そこで自分たちの挫折に失望しながら、しかしいずれ自分たちを許せるようになることを願いながら、僕らは帰る。

29

僕は数日間、ロスアンジェルスにもどる。ごく最近まで、僕が誰なのかわからなくなってからですら、父は僕が別れを告げるといつも残念がった。「No, hombre, ¿por qué te vas? Quédate. No me dejes.」(よせよ、おまえ、どうして帰るんだ? まだいろよ。放っていくなよ。)これにはいつでも難渋させられた——泣いている子供を保育園に置いてくるのに似たところがあって、しかし、これはこの子自身のためなんだから(本当にそうなのかはわからないが)、という確信を持てないところがちがっていた。

自宅にはすでに何百通ものお悔やみの手紙が待っている。こっちのこのもうひとつの現実において、これらの手紙は、遠い場所でずいぶん前に起こった出来事について語っているように感じられる。だから僕はもっとあとで読むことにする、養分をあたえてくれるものと感じるようになったときに(実際、やがてそうなる)。母と電話で話していると、彼女はポルーア氏と名乗る男性が玄関にやってきたことを話す。彼女はそれが、メキシコで一番古い出版社のひとつをやっているあのポルーア一族に属する誰かなのだと推測する。彼女は男性を居間に迎え入れるが、顔に見覚えはなく、しかし相手は親しげで感情表現が豊かで、父の秘書のこと、僕の弟のこと、そして僕のことも、ちゃんと名前をあげて訊ねてきて、父との思い出を語ったりする。秘書が入ってくると、彼は跳ねるようにして立ち上がり、彼女を感情豊かに抱擁する。彼女は申し訳なくて、彼のことを覚えていないとは言いだせない。ポルーア氏はまた腰を下ろし、すぐに、実は自分は車を運転して町に来たのだが、その車が故障してしまったのだ、と説明しはじめる。それでもこの気持ちだけはかならず伝えようと決心していたので、今、外で待っている友人の車に乗せてもらってきた。なんとか、車を修理するために、米ドルで二百ドルに相当する程度の金額を貸してはくれないだろうか？　母は彼にキャッシュを渡し、男は去っていき、それきり二度と音沙汰がない。あとになってわれわれは、彼がよく知られたペテン師であることを発見する。これについては、母も大いに笑う。

お悔やみの他に、友人たちからは、父が死んだ日の世界各地の新聞の第一面がメールで送られてくる。そこから僕はインターネットの穴ぼこにはまりこみ、だいたいどこの全国紙でも地方紙でもその日の第一面にはこのニュースが載っていたことを確認する。可能なかぎりいろんなヴァージョンを読んでみると、各新聞が、彼の生涯や業績の異なった側面を強調して論じている。ここでふたたび僕は、活字になっているこの人物と、最近の数週間を一緒に過ごした人物――弱っていく彼、死につつある彼、箱に入った灰

――とを、また、僕の子供時代の父と、やがて結局、僕と弟の子供みたいになっていった父とを、一致させるのに苦労する。最近の数日間のメモを読んでみる、何らかの筋の通った語りになるようつなぎ合わせるべきなのかどうか、引き裂かれながら。母と同じように父もまた、わが家の家庭生活は厳格にプライベートなものだという信念を保持し続けた。子供のころ、僕らはこの基準によって幾度となく縛られた。しかし僕らはもう子供ではない。年とった子供たちではあるかもしれないが、幼児ではない。

父は死に関して大嫌いなのは、自分の人生の中で、唯一これについてだけ、自分には書くことができないからだ、と文句を言っていた。彼が生き抜けてきたもの、目撃したもの、そして考えたことは、すべて彼の本の中にある、フィクション化されたり、暗号化されたりして。「書かないで生きることができるのなら、書くな」と彼はよく言った。僕は書かないでは生きられないほうの人間なので、彼も許してくれるものと思う。もうひとつ、彼の託宣で僕が墓場に行くまで守り続けるのはこれだ――「うまく書かれた話にまさるものは何もない」。これはとくに意味深く鳴り続けている、というのも、彼の最後の日々について僕が書くものは、その品質とは無関係に、容易に出版元を見つけられることが僕にはわかっているからだ。心の奥深いところで、僕には自分が、こうした追想を何らかの形で書いて発表することになるのがわかっている。必要ならば、僕はさらにもうひとつ、彼が僕らに言ったことにすがることができる――「オレが死んだら、何でも好きなようにしな」。

30

僕は、もっと早く来ることができなかったバルセローナの友人たちと母と時間を過ごすためにまたメキシコにもどる。われわれは一九六八年から彼らと親しくしてきていて、あのカクテル・パーティが終わった今では、家の中にいるのは基本的にわれわれだけだ。比較的平和で静かな中で彼らの存在を楽しめるのはうれしいが、それはまた、父の不在をよりはっきりと感じさせることにもなる。彼らは二人とも心理療法士《セラピスト》で、二人ともが、父が何でも打ち明けて話せる友人だった人たちの中に入っている。父は自分にとってはタイプライターが精神分析医なのだと言い張って、一度もセラピーはやらなかった。セラピーが自分の創造性のほんの一端でも奪い去ることになるのを恐れていたのか、それとも、セラピーによって裸になるかもしれないことに抵抗があったのか、われわれは永久に知ることがない。たしかに彼はときどき僕らに、親しい友だちや家族に自分の心配事について話すよう勧めることがあり、そうしないと専門家に金を払って聞いてもらわなければならなくなる、と言っていた。

今回のメキシコ訪問で僕が主にやりたいと思っているのは、父に向けて、彼自身の死とそのあとの出来事について話すことだ。僕は庭の奥にある彼の書斎に立ち寄る。戸棚に彼の遺灰がしまいこまれている部屋だが、家の他の部分と同じように、ここにも、回帰してきた日常性が、ゆっくりと、しかし容赦なく、忍びこんでいる。母は書斎に一度ももどっていないし、これからも二度と入らないだろう。父が死んだ部屋は、それ以前の状態にもどっている。僕の娘たち、姪や甥たちの間では、この部屋は避けるべき場所となっている。僕はそこをゲスト・ルームとしてふたたび正常化する試みとして、そこで寝てみることにする。良くも悪くも、僕はそこでとくに何の出来事もない一夜を過ごす。

31

僕はロスアンジェルス行きの早朝の便に、くたびれきって乗りこむ。この三週間で、メキシコ・シティとの間を行ったり来たりする八回目のフライトになる。航空機が滑走路へゆっくりと走行していく間に、僕は突然、地上での父の輝かしい時間が終わってしまったと自分が明白に感じていることに圧倒される。離陸中には悲しみでいっぱいになるが、喪失の空虚と、エンジンの強力なエネルギーの予想外の組み合わせは、奇妙な高揚感をもたらす。車輪が格納され機体が左に傾くと、昇る太陽に後方から照らされたふたつの火山が東側に見える――書かれたことばよりも何十万年も古いポポカテペトル、正装して鎮座しているイクスタシワトル。一万フィートに到達すると、鐘の音がやさしい目覚まし時計のように鳴る。僕は座席を傾け、まわりを見る。隣にすわっている女性が携帯電話で『百年の孤独』を読んでいる。

V

船長はフェルミーナ・ダーサを見つめ、その睫毛《まつげ》に冬の霜の最初の輝きを認めた。それからフロレンティーノ・アリーサを見やり、その堂々たる態度と、乱れることのない愛が見えると、限界がないのは、死よりもむしろ、生のほうなのかもしれないという遅ればせながらの疑念に心を乱された。

——『コレラの時代の愛』

32

僕らの母は二〇二〇年八月に死んだ。それはすべて、おおよそ、僕らがこうなるかもしれないと考えていた通りに起こった。六十五年間タバコを吸い続けてきて、肺の容量は減り続け、最後の数年は昼夜を問わず酸素吸入を続けていたことからして当然だった。彼女の精神は、しかしながら、まったく衰えることがなかった。テレビで毎日何時間もニュース番組を見ながら、また別のニュースをタブレットで確認し、目の前に並べて置いた二本の固定電話と、三本の携帯電話を通じて、網の目のように広がった友人たちと連絡をとり続けた。彼女の最後の数か月間、僕らはほとんど毎日、ビデオを通じておしゃべりをし、世界で起こっていること以外に報告しあうことはあまりなかったが、彼女は昔通りの彼女のようだった、仲間の大部分から切り離されていることでちょっと退屈しているようではあったけれども。健康状態は下り坂で、動きの制約も増してきていたが、彼女は自分の状態を過度に不安に思っている様子ではなかった。彼女の態度や行動に重大な割れ目のようなものは僕も見ることがなかった。それは勇敢さだったのか、それとも拒絶、あるいは気取りだったのだろうか？　彼女はときに応じて、この三つのすべてで傑出していた。

「このパンデミックはいつ終わると思う？」と彼女は頻繁に僕に訊いた。今は二〇二〇年の末だが、今なお僕には彼女に答えられない。移動することができずに、僕が生きている彼女を最後に見たのはひび割れた電話の画面ごしで、もう一度、その五分後に見たのは、すでに永遠にいなくなっている姿だった。永遠によって隔てられているこの二本の短いライブ・ビデオから、物語を語る僕の能力はまだ回復しきっていない。これよりも力のある何を僕は語ることができるだろうか？　彼女の死に引き続く数日間、僕は彼女から電話がかかってきてこう聞かれるんじゃないかと期待していた——「で、どうだった、私の死は？　待って、ゆっくりでいいから。ちゃんとすわって。順番にしっかり話して」。彼女がじっくりと耳を傾けるのを僕は想像する、笑い声をあげるのと、彼女を殺すことになったタバコを貪欲に吸いこむのとを、交互にくりかえしながら。彼女は世界じゅうの友人たちに話して、お悔やみのことばを、面白がりながら快活な虚栄をもって受け入れ、それから、もっと強い関心を持って、相手の子供の離婚について、盗まれた持ち物について、事細かに訊ねるだろう。

父は長年、彼女にタバコをやめるようにと圧力をかけていて、彼女も、きわめて不承不承ながら何度かは禁煙を試みたが、失敗した。酸素吸入器をつけるようになった最初のころですら、彼女はときどき、僕に酸素マスクをちょっと持っておくように言って、その間にタバコを何口か吸ったりした。「機械を止めるんじゃないよ」と彼女は言うのだった。「すぐにまたちゃんとつけるから」。喫煙者の死がどのようなものになりうるかという父の警告は、弟と僕を悩ませ続けた。その懸念は、しかしながら、有用だった、なぜなら、僕らは（というか、実際に現場で彼女と一緒にいたのは弟のほうだったので、弟は、というべきなのだが）彼女の退場が、苦痛をともなうものでないよう、また不安につきまとわれたものにならないよう、用心を重ねたからだ。そのどちらも、結局避けられた。

父の進行中の作品の草稿の大部分は、彼の知らないところで母によってサルヴェージされた。彼は、完成していない作品を見せたり保存したりすることには強く反対していたからだ。子供時代、弟と僕は何度も、彼の書斎の床にすわるよう呼び出され、古いヴァージョンの作品をまるごと破って捨てる手伝いをさせられた――彼の創作過程を研究している人やコレクターにとって、これは不幸そのものの光景にちがいない。彼の書類とレファレンス文献はテキサス州オースティンのハリー・ランソム・センターに行くことになり、母はこのコレクションのオープニング・セレモニーには大いに歓んで参加した。そこには弟の家族も僕の家族も加わり、彼女は孫たちが来ていることを楽しみ、彼らのもとに庇護を求めた。孫娘たちに彼女は特別な歓びをおぼえたが、それは僕が推測するに、孫たちが大きくなるにつれて、女の子たちのほうが彼女の日々の関心事に興味を持ち続け、彼女の健康問題をより細かく追い続けたからだろう。彼女は女の子たちに古いハンドバッグやアクセサリーをよくプレゼントし、それがあまりに気前がいいので彼女らはもらうのをためらうほどだった。断るほどためらったわけではなかったが。娘たちの一人は、僕の母こそ、自分がこの世で一番似ている人間だと感じるようになり、そのことを誇りとしたし、一方、姪は、われわれ全員の中で、彼女の最後の数年間、おそらく物理的にもっとも近くにいたと言える。僕のもう一人の娘は彼女に対して、非常に熱心に海外から定期的に連絡をとり、とても愛情豊かだった。僕の母自身の祖母は、彼女の人生において塔のように高くそびえる人物で、尊敬され恐れられた女族長だったから、このことが彼女の孫娘たちに対する甘い気持ちに強く影響したと僕は思う。彼女は僕の弟の息子たちも愛したが、彼女は、男の子たちは大きくなるにつれてそれぞれの世界の中にこもっていくものだと考え、それを受け入れていた。もちろんこれは全部、僕の推論であり、彼女が聞いたら、馬鹿にして笑って、苛立たしげに僕から顔をそむけることだろう。

父の死の二年後、われわれは彼の遺灰をカルタヘーナに持っていった。それは植民地時代の建物の中庭に置かれた胸像（彼にあまりによく似ているので少し気味が悪い）の台座部分に収められ、今では一般公開されている。公式行事がおこなわれ、その前と後には、どうしても欠かすわけにいかないものとして、両親の家で、家を開放したカクテル・パーティが開かれた。父の死のときにあったものと同じように、これも数日間続いたが、ムードはもっと陽気なものだったので、母は音楽の生演奏が夜遅くまで確実に続くよう手配した。その数日間、僕は、少しばかり感情的になっていたし、また、ちょっとくたびれるなとも感じたかもしれないが、奇妙なことに、そのときには、それほど激しくそう感じていたわけではなかった。すべてがまあ耐えられるもののように思えた。そこに滞在した最後の日、僕は朝早くに、遺灰の落ちつき場所を最後にひと目見ようとその中庭に立ち寄った。遺灰がそこにずっとあるということ、彼がそこに、とても長い期間、もしかしたら数世紀間も、今生きている人間が全員、遠い昔にいなくなったあとでも、そこにいるのだと考えると、なんとも衝撃的だった。空港への道のりは悲しいものとなり、ボゴタに着陸して二十四時間後に、僕は膀胱炎と、脚の血栓で入院することになった。その前の数日間が、自分で思ったよりもずっとストレスのあるものだったのかもしれない。

母が死んでまだ三か月しか経っていないが、彼女の存在が僕にとって、あまりに早く大きくなったことに驚いている。彼女の写真の前を通りがかって、それをしばし眺めずに通りすぎることができない。彼女の顔はいつの時代よりも、年をとってからよりも、やさしく、美しく見える。一生涯、不安症に苦しんだ（たぶん、そのことに気づかないまま）人だが、彼女はそれでも、ものすごく歓喜して楽しむことができる人だった。生そのものに対する彼女の関心、また、他の人たちの生に対する関心は（父と同様に）果てしのないものだった。父に対する僕の感情は、愛のあるものなのだが、彼の名声と才能のせいで複雑なものにならざるをえず、またそのせいで彼は複数の人間であったため、僕の側で努力して一人の人物像の中に統合しなければならず、気持ちは混ざりあったさまざまな感情の間をあちこち弾け動いている。また、彼の記憶の喪失という、痛みのある長い別れから来る複雑な気持ちもあり、さらに、一時的に、彼よりも自分のほうが精神的に強くなったことにある種の満足をおぼえたという罪の意識もある。母に対する僕の気持ちは今では、驚くほどまったく複雑でない。この種の言明は、セラピストが眉を持ちあげて疑念を示す種類のものだろうが、たしかに本当なのだ。彼女は大げさな感情表現を恐れた人で、僕らの子供時代には、何があっても顔に出さずにこらえるようにと教えられたものだった。しかし、時とともに僕はこれが、彼女自身が両親から受け継いだ特性で、彼女の両親もまた、おそらく受け継いできたものなのだ、と理解するようになった。彼女は自分がそんなものを背負っているとは知りもせず、セラピーを受けたり薬をもらったりすれば彼女にもいい効果があるかもしれないと僕が勧めても、その反応はまったく明快だった――「No. No soy una histérica.」（いらない。わたしはヒステリー女じゃないんだから。）

彼女がまだ生きている間にこれを理解でき、受け入れることができたのはありがたいことで、そのおかげで、残っているのは親愛と、彼女から発散されていた生命力に対する心酔だけなのだ。彼女は率直でありながら、隠しだてをするところもあり、批判的かつ寛大で、勇気もあったが無秩序を恐れた。怒りっぽく、すぐに批判的な判断に流れることがあったが、許すのも早く、その人が自分の困難を彼女に打ち明けたときにはとくにそうだった。そうすると彼女は永久にその人の側につき、相手からの忠誠も勝ちとった。弟と僕に関して彼女は、身体的接触を好むほうではなかったが、態度においては深い親愛に満ちていて、年をとるにつれてなおさらそうなっていった。彼女の複雑な人格が、僕の生涯続く女性に対する魅入られたような感嘆の思いにつながっていることはまちがいない。とくに複数の顔を持つ女性、謎のある女性、そして、しばしば不当にだと思うが、むずかしい女と呼ばれているような特性に対してのものだ。

両親に対する僕の賛嘆の思いは、更新されて増大している。このような見え方（人によってはそれを修正主義と呼ぶだろう）がよくあることだというのも認める。不在は愛着の気持ちを強め、人を寛大にし、われわれは自分の親も他の誰とも同じように不完全で欠点のある存在だったことを認めるようになる。母に関して言えば、彼女が生まれた時期と場所を考えると、彼女が成長してやがてあの人物になったということ、自分をしっかりと維持しただけでなく、父の成功が彼らの前に持ってきた世界を指揮するほどにまでなったことには驚嘆せざるをえない。彼女は彼女の時代の女性だったから、高等教育を受けることがなく、母であり妻であり、主婦であったが、立派な人生を築いて成功したキャリアを持つたくさんの若い女性が、彼女の芯の強さ、何があっても折れない反発力《レジリエンス》、そして自分が何者かという自我の感覚に関して、敬服の念をあからさまに抱いた。彼女は友人たちの間ではラ・ガバとして知られ、これは父のガボという呼び名に基づいた綽名だったから家父長制的な面のあるものだったわけだが、彼女のことを知っていた人で、彼女が長じて自分自身の偉大なヴァージョン以外の別のものになったと思った人は一人もいなかった。

　死の二年前に、とあるレストランで、母は僕に、第一子だった自分のあとに、彼女の母親は赤ん坊を二人産んだのだが、いずれも幼くして死んだ、と話した。僕はこの話を一度も聞いていなかったことに驚いた。それについて何か覚えていることはあるのかと僕が訊ねると、彼女はあると答えた。彼女は明瞭に、母親が死んだ赤ん坊を腕に抱いていたのを覚えていた。彼女は左腕でやさしく抱く格好をして、こんなふうに、と僕に見せた。

「どうしてこれまでその話をしてくれなかったの?」と僕は訊ねた。

「あんたが訊かなかったから」と彼女は答えた。僕が馬鹿だったのだ。それからしばらく経って、僕はもっと細かいディテールが知りたくて、もう一度訊いてみたが、彼女はそんな話をしたことはないと否定しただけでなく、死んだ赤ん坊の弟妹がいたということ自体まで否定した。僕は呆然となった。これは老衰でも認知症でもなかった。彼女の記憶力はいつでも鉄壁のものだった。僕はくりかえし訊いた。「ないない。そんなことはなかった」と彼女は、それ以上何も言うことはないという調子で言った。その日は僕もそれで終わりにしたが、そのうち風向きが変わるかもしれないから、いずれもう一度このミステリーに立ちもどろうと決意していた。しかし、時間切れになった。

僕はまた、父が左目の中央部分には視覚がなかったということを知らないまま人生の最初の五十年を過ごしたのだった。これは彼に同行して眼科医に行ったときにわかったことで、検査のあとで医師がそれを口にしたから初めて知ったのだった。

両親が若いころの自分自身をどのように記憶していたのか、彼らの生活が幼少期のコロンビアの小さな町に限定されていた時代に、世界の中での自分の位置についてどう考えていたのか、ほんのわずかなヒントでも得ておけばよかったと思う。九歳のいたずら小僧だったころの父と、あるいは、威勢のいい十一歳の女の子だった母と、一時間一緒に過ごすためなら、どんな代価でも払いたいと思う。並外れた人生が自分たちを待ち受けていることを想像すらできなかったころの彼らと。だからつまり、僕の心の奥のほうには、自分が彼らをあまりよく知らなかったのではないのか、という懸念があり、彼らの人生の細かい部分について、彼らのもっとも私的な思いについて、彼らの最大の希望や恐れについて、もっと質問しなかったことを明らかに後悔している。彼らが僕らについて同じように感じていたかもしれない可能性もある。自分の子供たちのことをすべて知っている人などいないのだから。これについて弟はどう考えているのか、ぜひ聞いてみたいという思いもある、というのも、家庭というのは、そのメンバーのそれぞれにとって、大きく異なった場所であるにちがいないのだから。

あの家の将来について、僕らはこれから決断しなければならない。弟も僕も、ミュージアムになっている過去の作家や芸術家の家、あるいはその種の成功したが不幸だった人の家を訪れるのは大好きだから、その方向に傾いている。しかしながら、われわれ自身の家庭だったところを、すべての一般の人に歓んで公開しようとしている自分に少し驚いてもいる。それは時間の経過を打ち負かす必死の一撃ということなのかもしれない、あるいは、あの家の中身を全部空っぽにして見知らぬ人に売る、という頭が痛くなるような厄介事を避けるためなのか。

二人めの親の死というのは、ある晩、望遠鏡を覗いて、ずっといつもそこにあった惑星がもう見えなくなっているみたいな感じだ。消えてなくなってしまって、それとともに、そこの宗教も、風習も、独自の特異な習慣や儀式も、大きなものも小さなものも、消滅してしまう。反響は残る。僕が毎朝、自分の背中をタオルで拭くときに父を思い出すのは、六歳の僕がそれに苦闘しているのを見て父が教えてくれた方法でやっているからだ。彼のアドバイスのかなりの部分はいつも僕とともにある。（一番好きなやつ――友だちのことは許してやれ、彼らが君のことを許してくれるように。）母のことは、家に来たお客さんが帰るので玄関まで案内するときに毎回思い出す。それをしないのは許しがたいことだったからで、また、何かにオリーブ・オイルを垂らすときにもいつも思い出す。そして、この数年間は、鏡に映った自分の顔を見ると、僕ら三人全員が同時に僕を見ているように見えてしまう。僕はまた、めったに口にされることのなかった彼らの無欠のルールに従って自分の人生を導くように努めてきた――曲がったことをするな。

僕らの両親の文化のかなりの部分は、弟と僕がそれぞれの家族とともに作ってきた新しい惑星において、何らかの形で生き残っている。中には、僕らの妻たちがそれぞれの部族のもとから持ってきたもの、あるいは持ってこないことにしたものと融合している部分もある。年月とともに枝分かれは続いていき、人生は両親の世界の上に、他の人が生きた生の層《レイヤー》をいくつも重ねていき、ついにはあるとき、この地上の人間が誰一人として彼らの物理的存在の記憶をとどめていない日が来る。僕は今、夜、明かりを消したあとでどんなことを考えるのか、と質問したときの父とほぼ同じ年齢になった。彼と同じように、僕もまだそんなに心配していない、が、時間の経過は意識している。今のところ、僕はまだここにいて、彼らのことを考えている。

謝辞

以下の人たちにお礼を言いたい――

妻アドリアーナと、娘たち、イサベルとイネス。

義妹ピアと、姪と甥のエミリア、マテオ、そしてヘロニモ。

この本の中で触れた両親の多数の友人たち、従業員、医師と看護師たち。

ルイス＝ミゲル・パロマーレス、ルイスとレティシア・フェドゥチ、モニカ・アロンソ、クリストーバル・ペーラ、ソフィア・オルティス、ディエゴ・ガルシア＝エリオ、マリベル・ルーケ、ハビエル・マーティン、ニーナ・ビーバー、エイミー・リップマン、ジュリー・リン、ボニー・カーティス、ポール・アタナシオ、ニック・カザン、ロビン・スウィコード、セーラ・トリーム、ホルヘ・F・エルナンデス、そして、ジョンとバーバラ・アヴネット。

写真

十三歳か十四歳のガボ。
すでに「チェベレ」だった。
ダンディということ。
コロンビア、一九四〇年

十四歳のメルセデス、
カリブの太陽の下で。
コロンビア、一九四六年

十七歳のメルセデス。
顔がすべてを語っている。
コロンビア、一九五〇年

一九五八年三月二十一日。
結局ドレスを着たのだった。
バランキーヤ、コロンビア

六〇年代末、タバコを吸うのがまだ健康によかったころ。
スペイン、一九六八年

四人クラブ。

バランキーヤ、コロンビア、一九七一年

一九八二年十月十二日、
ノーベル賞が発表された朝。

二〇一二年十月十二日、
三十年後、同じ場所、同じ木、同じローブを着てみた。

老人が美しくないと誰に言えるだろうか?
ロスアンジェルス、二〇〇八年

Photo : Steve Pyke

ゴンサーロ、ガボ、ロドリゴ。
ロスアンジェルス、二〇〇八年

Photo : Steve Pyke

フエゴ街の家。
メキシコ・シティ、二〇一九年

コロンビアの大型ポンチョ
「ルアナ」をかけて
火曜日の昼寝をしているガボ。
メキシコ・シティ、二〇一三年

社交的動物。
メキシコ・シティ、二〇一〇年

メルセデスの八十回目の誕生日。
メキシコ・シティ、二〇一二年十一月六日

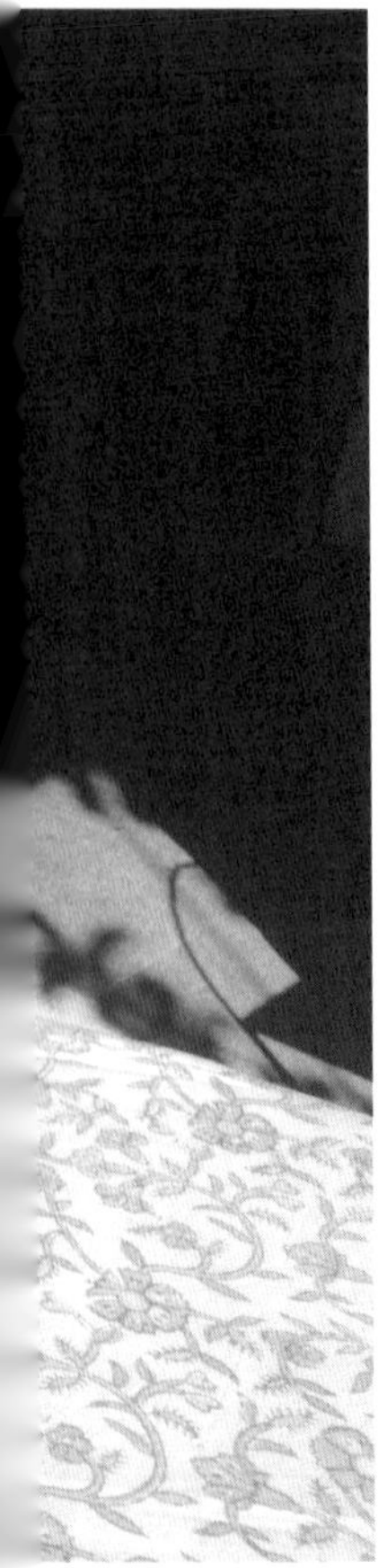

ガボの椅子にかかった朝の虹。
メキシコ・シティ、二〇一四年四月二十一日

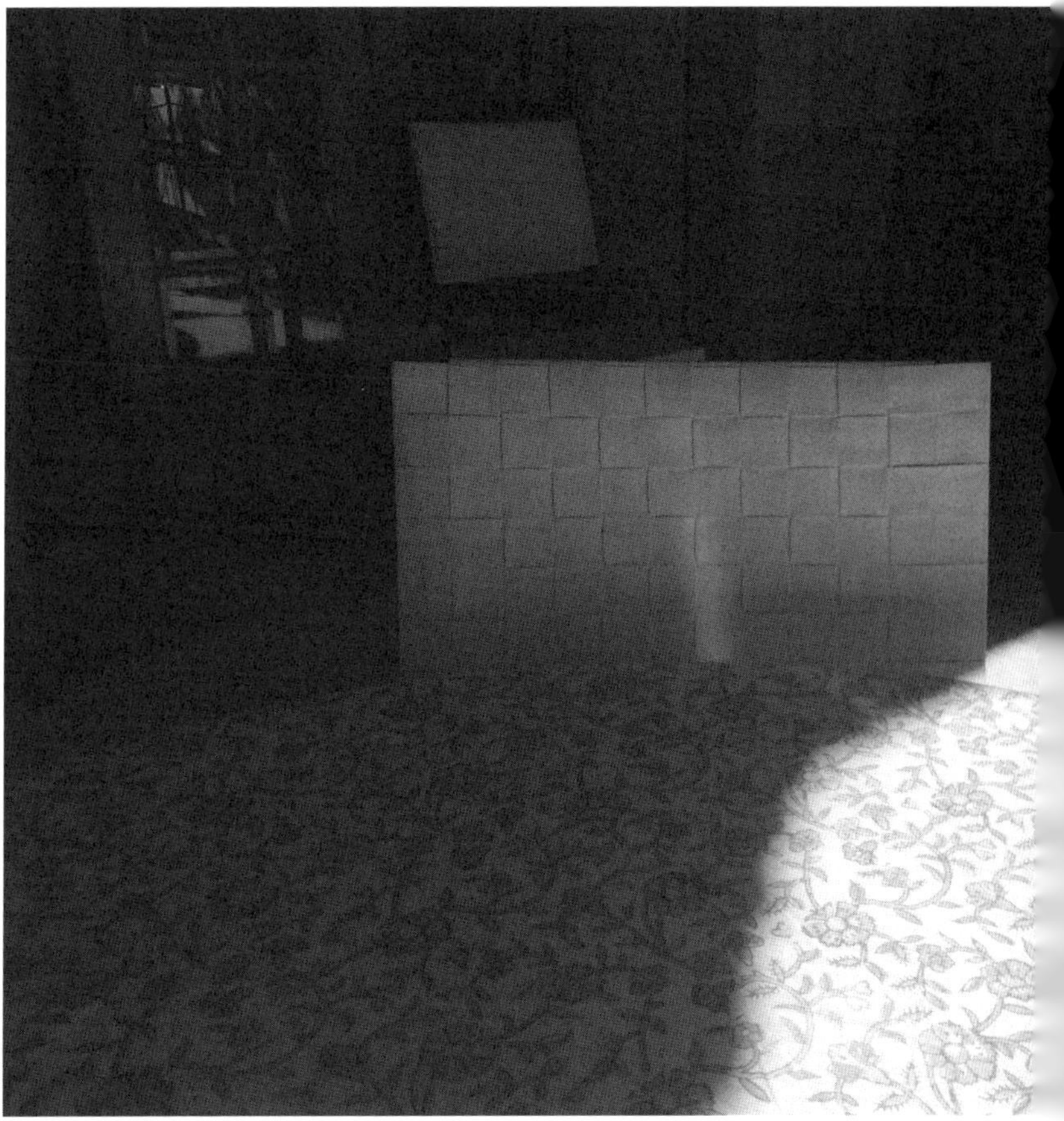

ベヤス・アルテスでの追悼式。
二〇一四年四月二十一日

00:00

Helmut Newton, Dec. 1987 à Havanne

ガボ夫妻の死者の日の祭壇。
二〇二〇年十一月、疫病の年

Photo : Pía Elizondo

ガボが家を出る。
二〇一四年三月十七日

弟ゴンサーロと、僕らの家族と、
メルセデス、別名聖なるワニ、聖なる母、至高の女主人
メキシコ・シティ、二〇一四年四月二十一日

年譜

一九二七年三月六日▼ガブリエル・ガルシア＝マルケス誕生、コロンビア北部、アラカタカにて。父ガブリエル＝エリヒオ・ガルシア、母ルイサ＝サンティアーガ・マルケス。大家族の一番年長の子で、幼少期は母方の祖父母のもとで暮らす。退役した大佐だった祖父は、のちに中篇小説『大佐に手紙は来ない』の発想源となる。

一九三六年▼祖父の死後、両親と暮らすためスクレに移る。

一九四〇年▼家族とともに港町バランキーヤに移り、中等学校に入る。

一九四七年▼ボゴタの国立大学で法律を学ぶ。短篇小説二篇が『エル・エスペクタドール』紙に掲載される。

一九四八−五〇年▼二年間におよぶコロンビアの政治的対立から、争乱により国立大学は閉鎖される。バランキーヤにもどり、ジャーナリストとして働く。初めての長篇小説『落葉』を書きはじめる。

一九五四年▼記者として『エル・エスペクタドール』紙に雇われる。外洋で遭難したコロンビア水兵についての連載記事を書き、コロンビア国内で論争となる。

一九五五―五七年▼『落葉』出版。海外特派員として共産圏東ヨーロッパを旅する。
一九五八年▼コロンビアに帰国。メルセデス・バルチャとバランキーヤで結婚。結婚は彼の死まで続いた。
一九五九年▼フィデル・カストロの招待でキューバを訪問。二人は友人になる。メルセデスは長男ロドリゴを出産。
一九六〇―六一年▼キューバの通信社プレンサ・ラティーナの特派員として一時期ニューヨークに暮らしたのち、家族とともにメキシコに移る。『大佐に手紙は来ない』が一九六一年に出版される。
一九六二―六六年▼二人めの息子ゴンサーロが一九六二年に誕生。十八か月かけて『百年の孤独』を書く。
一九六七年▼『百年の孤独』が六月に出版される。作品は即座に成功を収め、数百万部が世界じゅうで売れ、ガルシア＝マルケスの評価が高まる。一家はスペインに移る。
一九七五年▼『族長の秋』刊行。
一九七九―八一年▼コロンビアとメキシコの間で暮らす。『予告された殺人の記録』を書きはじめる。
一九八二年▼ノーベル文学賞を受賞。
一九八三―八七年▼『コレラの時代の愛』が一九八五年に刊行される。キューバの国際映画学校の設立にかかわる。『予告された殺人の記録』がフランチェスコ・ロージ監督により映画化される。

一九八九年▼『迷宮の将軍』刊行。

一九九四年▼ラテンアメリカにおける民主的な独立ジャーナリズムを支援するためのイベロアメリカ・新ジャーナリズム基金の設立にかかわる。

一九九六年▼コロンビアのドラッグ王パブロ・エスコバルによる複数の誘拐事件を扱うノンフィクション作品『誘拐の知らせ』刊行。

一九九九年▼悪性リンパ腫闘病。寛解状態になる。

二〇〇二―〇四年▼回想録『生きて、語り伝える』が二〇〇二年に刊行。最後の長篇小説『わが悲しき娼婦たちの思い出』が二年後に刊行される。

二〇一〇―一二年▼新しい長篇小説を書いているという噂が広まるが、弟ハイメが報道を否定。認知症により、もう執筆できないことが公表される。

二〇一四年▼ガルシア＝マルケス、メキシコ・シティの自宅で死去。

二〇二〇年▼メルセデス・バルチャ、メキシコ・シティで死去。

簡略な書誌

『落葉』▼一九五五年
『大佐に手紙は来ない』▼一九六一年
『悪い時』▼一九六二年
『百年の孤独』▼一九六七年
『ある遭難者の物語』▼一九七〇年
『純真なエレンディラと邪悪な祖母の信じがたくも痛ましい物語』▼一九七二年
『族長の秋』▼一九七五年
『予告された殺人の記録』▼一九八一年
『コレラの時代の愛』▼一九八五年
『戒厳令下チリ潜入記　ある映画監督の冒険』▼一九八六年
『迷宮の将軍』▼一九八九年
『十二の遍歴の物語』▼一九九二年
『愛その他の悪霊について』▼一九九四年
『誘拐の知らせ』▼一九九六年
『生きて、語り伝える』▼二〇〇二年
『わが悲しき娼婦たちの思い出』▼二〇〇四年

訳者あとがき

この本を手にとっている多くの読者にとって、ガブリエル・ガルシア＝マルケスはほぼ解説の必要がない作家だろうが、その息子ロドリゴによってここで語られていることの背景がわかりやすくなるよう、少しだけ確認しておく。

ガルシア＝マルケスは一九二七年にコロンビアのカリブ海地方の辺境の村アラカタカに生まれ、両親の生活が不安定だったために、幼少期はその村の祖父母のもとで暮らした。その後、マグダレーナ川中流域の町スクレに移り住んだ両親のもとで育つ。ラテンアメリカの作家は裕福な家の出身の人が多いのだが、その中で、ガルシア＝マルケスはかなり生活の苦しい家で育った点で特異な存在だといえる。教育には恵まれ、首都の国立大学に行ったが、政治的混乱もあって大学は卒業せず、若くしてふたたびカリブ海地方の中心都市バランキーヤでジャーナリストとして働きはじめた。

その後はヨーロッパやベネズエラなど、コロンビア以外の場所で雑誌記者などとして暮らしながら小説を書き、それは細々と出版されたが、一九六〇年代の「ラテンアメリカ文学のブーム」がやってきて、バルガス＝リョサ（一九三六―　）やカルロス・フエンテス（一九二八―二〇一二）が欧米でスターとして注目された中でも、ガルシア＝マルケスは全然注目されない存在だった。

ところが一九六六年にメキシコ・シティで書きあげた長篇小説『百年の孤独』ですべてが変わった。この本はコロンビアやラテンアメリカで、ふつうは本を読まないような人たちにも広く読まれるようになっただけでなく、欧米やそれ以外の場所（日本を含む）でも、新しい小説の代表のように高く評価され、その作者は一躍ラテンアメリカを代表する作家と見なされるようになった。ノーベル文学賞は人生において書くべき作品をほぼ書き終えて、作家としての全体像が確定した段階の作家にあたえられるのがふつうだろうが、一九八二年に彼が受賞したのはまだ五十五歳のときだから、まちがいなく若くして世界的な名声の頂点に達した作家だといえる。

その後にも何冊も大きな作品を書いているのは、この本に付された主たる作品のリストに見てとれる通りで、晩年まで書き続けるモティヴェーションを失わず、実際に重大な作品を構想し、実現しえた点で、どう見ても偉大な作家だ。

以上は文学に関心がある人にとって、どちらかといえば常識といえることだと思いたいが、日本では、ガブリエル・ガルシア＝マルケスの知名度は国際的に見てひじょうに低いといえる。外国文学に興味のある人しか知らない名前だし、知っている人にとっても、とくに現在では、数多くいる世界の辺境出身の現代作家たちの一人に過ぎない場合が多いだろう。

しかし、生まれたコロンビアや、一番長く暮らしたメキシコだけでなく、ラティーノたちの世界の全域において、その存在の大きさが日本においてとまったくちがうのはこの本の全篇各所から見えてくる通りだろう。単に優れた作品を書いた文学的名声の持ち主というのを圧倒的に超えて、ラテンアメリカ人全体の祖型《アーキタイプ》のような存在、すべてのラティーノにとって遠縁の大叔父のような親しい人と見なされるようになっていたのだ。ラテンアメリカ諸国は言うにおよばず、スペインに行ってもその国の首相などがまる一日時間を空けてアテンドしたりしたし、コロンビアでは大統領になって混乱を収拾してくれと国民から声があがったこともあった。

また、『百年の孤独』はたいがいのスペイン語圏諸国で、高校時代に誰もが読むことをなかば強制されているということもあり、晩年のカルロス・フエンテスが言っていたところでは、スペイン語圏の作家たちは、もはや「孤独」という単語を作品の中で使うことができなくなってしまったのだという。それほどまでに広く読まれて、この単語があまりにも陳腐化してしまったからだ。

さらに、インターネット時代においては、「百年」と書けば「百年の孤独」と予測変換されて出てくるので、「百年」という語も恥ずかしくて使えず、しまいには「百」とさえ書きたくなくなってしまう。そういう異様なほどの存在になっていたことがこの本の背景にはある。

二〇一四年にガルシア＝マルケスが死去した際には、そのときの米国の大統領だったバラク・オバマ氏と元大統領ビル・クリントン氏の二人がすぐに、その作品の思い出を語る追悼のステートメントを出したのだが、米国の大統領が自分の国の人間でない小説家を追悼するのは稀有のことだろう。しかし、そのようなしっかりした読書体験を持つ大統領を選出する米国においても、この本の中のエピソードにあるように、たいがいの人にとってガルシア＝マルケスは顔なじみの存在ではなかったが、そこに住むラティーノたちの間では、たとえ本を読んでなくても誰もが顔を見知っている存在だったわけだ。

もうひとつ言っておくならば、ガルシア＝マルケスはコロンビアで生まれ育ち、二十代まではコロンビアに暮らしていたが、一九五〇年代後半に特派員としてヨーロッパに赴任してからは、長期的にコロンビアに住むことはほとんどなく、一時期はスペインで、そして主にメキシコで名高い小説家として生きた。なので、その作品の大部分は、コロンビアの外で書かれたのだが、その舞台として彼が選んだのは、少数の例外を別にして、彼の若いころ以前のコロンビア、というか、もっと前の、彼の祖父の生きたような時代のコロンビアの田舎町だった。

言ってみれば彼は、無時間的な、祖型的な時間の中で展開する辺境社会を舞台として選び、彼自身の同時代に展開するコロンビアの現実とは、少なくとも作品世界の中では極力交わろうとしなかった。もしかすると、そのような無時間的な世界を主に取り扱ったがゆえに、彼は特定の国家や地理に限定されることなく、全ラテンアメリカ的な作家となったのかもしれない。実際、僕自身の体験だけでも、いくつものラテンアメリカの国で、ガルシア＝マルケスが自分の国の作家であると信じこんでいる人に何度も出会ったことがある。多くの人にとって、彼の描く世界は自分の一家の出身地と違和感なく同一視できてしまうらしいのだ。

そしてそれはラテンアメリカに限ったことでもなく、世界各地の辺境社会の作家たちにとって彼の作品は、徹底的にローカルな話題を扱うことによってこそ、世界じゅうに話が通じるユニヴァーサルな作品が生まれうるのだ、という強烈なメッセージを発していたのだ。

このようにガルシア＝マルケスは、目の前にあるものではないものを、地理的にも時間的にも遠いところから書くというのを基本スタイルとした作家だったといえる。テレスコピック（望遠鏡的）な、レトロスペクティヴな作家と僕は呼んでいるが、それゆえ、以後のコロンビアのみならずラテンアメリカの現代の作家たちからしてみれば、「孤独」とか「百年」といった重要な単語を奪い去って使えなくしただけでなく、舞台背景として使った国の肝心な生《なま》の現実にコミットするのは避けて逃走した憎たらしい存在だったという面もある。しかも、以後の作家たちは、どんな作品を書いてもいつでも「魔術的リアリズム」との比較で語られてしまうという厄介な状況に、長く置かれ続けたわけだった。

ある意味では、息子ロドリゴは、そのような状況の極致に一生涯、置かれてきたわけであり、父親に対する、けっして単純でない思いが、ひじょうに冷静に、あるいは冷徹に、そしてたぐいまれな誠実さをもって書かれているところがこの本の読みどころだと思う。「四十歳を過ぎるまで自分では気づかなかった」という、映画監督としての自分のキャリアに関する一断章はその思いが表出した最尖端部分だろう。

以上のような背景があって、ガルシア＝マルケスの最初の子供であるロドリゴは（僕自身の語感としては、この本の作者の名前は「アランフエス協奏曲」の作曲家と同様に「ロドリーゴ」と書かなければいけないところなのだが、彼の最初の映画が日本で公開された際にロドリゴ・ガルシアとして紹介されてしまったために、ここではその表記にしたがった）、コロンビアで生まれたものの、主にメキシコ・シティで育った。だから文化的にはメキシコ人に近く、まちがいなくスペイン語が第一言語なのだが、その後、大学生として米国に行き、この本の中の重要な告白として書かれているように、スペイン語と英語の間を自由に行き来できる「誰もこれ以上はなれないんじゃないかと自分で思うほど」二重文化的な存在になった。

しかし、米国で映画監督となった彼の仕事には、その二重文化性はあまり表現されていない。現在までに八本の長篇映画を撮っているが、いずれもほぼ英語だけで撮られている。ラティーノ的なモチーフは一部にあらわれることがあるが、一度も中心的な主題になっていないのがひじょうに特徴的だ。そこではフェミニズム的な主題のほうがずっと重要な要素となっていて、ロドリゴの出身を知ることがなければ、どう見てもマイノリティ系ではない米国映画の監督なのである。この本は、そのようなロドリゴ・ガルシアの作品世界の背景にあるものを明らかにしてくれるだろう。

父と母の思い出を記したこの本もまた英語で書かれ、スペイン語版は別の翻訳者による訳書として出版されている。まちがいなくそこがこの本に関して彼のこだわったところであり、その選択の背後にある思いを吐露して、自分の二重文化性が二重人格のような、ある種の人格障害であるかのように感じてしまうことを告白するところがこの本の一番スリリングな部分だと思う。日本語訳もしたがって英語版によっている(ただし、写真はスペイン語版に依拠した)。キャプションも多少異なっているので、スペイン語版のほうが点数が多く、

ロドリゴの主要な映画は以下の通りである。

Things You Can Tell Just by Looking at Her
(『彼女を見ればわかること』二〇〇〇年)
Ten Tiny Love Stories(『彼女の恋からわかること』二〇〇二年)
Nine Lives(『美しい人』二〇〇五年)
Passengers(『パッセンジャーズ』二〇〇八年)

Mother and Child（『愛する人』二〇〇九年）
Albert Nobbs（『アルバート氏の人生』二〇一一年）
Last Days in the Desert（『ユアン・マクレガー／荒野の誘惑』二〇一五年）
Four Good Days（二〇二〇年）

『彼女を見ればわかること』が本書の中で、心配した父親が脚本を読ませてくれないかと言った作品で、最後から二つめのものが、父の死の前後にロスアンジェルスとの間を往復して編集をしたと書いているものだ。このリストの中では、『パッセンジャーズ』と『アルバート氏の人生』は彼自身が脚本を書いていないので、作品世界がだいぶ異なるが、それ以前のとくに最初の三本の作品は、関連性も深く、ロドリゴ自身の主題がどういうものであるかがよくわかる。未見の人にはぜひ見てもらいたいので、詳しくは言わないが、いずれも女性が主人公で、現代のアメリカ合衆国社会における、それなりに保守的で、それなりに性差別的な恋愛関係を、短篇小説の感覚で描いている。女性をめぐる実に現代的な意識は、この本の中でも幾度も表現されているが、これらの映画にもそれは一貫していて、ロドリゴがどういう感受性の人であるかがよくわかるすばらしい映画だと思う。また、オムニバスになっている短篇を、一度もカメラを止めることなくワンカットで撮るといったところにそのセンスがあらわれている。

ロドリゴのことは、実は僕と同い年だということもあって、最初の映画が公開されたときから気になっていた。映画の中での、とくに女性たちに対するその繊細さが気になって、あまりに誠実に寄りそう姿勢に実は不審を抱いていたこともある。しかし、このたび、この本を読んで、ここでの語り口にもその繊細さと誠実さが一貫していることが確認できて、映画も彼そのものだったんだとわかった。「書かなければならない人」なんだから、この本で親の亡霊を追いはらって、もっと書いて、もっと撮ってもらいたい。

二〇二一年十月二十四日

旦　敬介

装画　手塚リサ
装丁　緒方修一

著　者

ロドリゴ・ガルシア
（Rodrigo García）

1959年、コロンビアに生まれ、メキシコ・シティとバルセローナで育つ。映画監督・脚本家。父はノーベル賞作家のガブリエル・ガルシア＝マルケス（1927-2014）。ハーヴァード大学で中世史を学んだ。これまでに、『彼女を見ればわかること』『美しい人』などの長篇映画の他に、テレビやウェッブ上のドラマ・シリーズを多数、監督している。

訳　者

旦 敬介
（だん・けいすけ）

1959年生まれ。東京都出身。作家・翻訳家。明治大学国際日本学部教授。ラテンアメリカ文学を専攻。2014年、『旅立つ理由』で第65回読売文学賞（随筆・紀行賞）受賞。ガルシア＝マルケス『十二の遍歴の物語』『愛その他の悪霊について』『生きて、語り伝える』、バルガス＝リョサ『ラ・カテドラルでの対話』など訳書多数。

父《ちち》ガルシア＝マルケスの思《おも》い出《で》
——さようなら、ガボとメルセデス

2021年12月10日　初版発行

著　者　ロドリゴ・ガルシア
訳　者　旦《だん》　敬《けい》　介《すけ》
発行者　松 田 陽 三
発行所　中央公論新社
〒100-8152　東京都千代田区大手町1-7-1
電話　販売　03-5299-1730　編集　03-5299-1740
URL http://www.chuko.co.jp/

印　刷　図書印刷
製　本　大口製本印刷

Published by CHUOKORON-SHINSHA, INC.
Printed in Japan　ISBN978-4-12-005483-9 C0098